괜찮아지는 중입니다

괜찮아지는 중입니다 ———

초판 1쇄 발행 2018년 7월 14일
초판 3쇄 발행 2019년 7월 9일

지은이 안송이

펴낸이 이상순
주간 서인찬
편집장 박윤주
제작이사 이상광
기획편집 김한솔, 박월, 이주미, 이세원
디자인 유영준, 이민정
마케팅 홍보 이병구, 신희용, 김경민
경영지원 고은정

펴낸곳 (주)도서출판 아름다운사람들
주소 (10881) 경기도 파주시 회동길 103
대표전화 031-8074-0082 **팩스** 031-955-1083
이메일 books777@naver.com
홈페이지 www.books114.net

문학테라피는 (주)도서출판 아름다운사람들의 문학 브랜드입니다.

괜찮아지는 중입니다

스웨덴,
삶이 그래야 하는 모습

안송이

문학테라피

인생의 어떤 일은 시간과 함께 지나가기도 하지만
어떤 일은 지나가도록 만들어야 한다.
이 글은 그러한 노력의 하나였다.

올해 스웨덴 겨울은 유난히도 길다. 4월 이른 부활절이 지나서야 밤이 되어도 영하로 내려가지 않는 날들이 왔다. 아침에 일어나니 눈바람이 분다. 4월에 눈이 오는 것은 이제 놀랍지도 않지만, 다시 겨울코트를 입고 출근할 생각을 하니 한숨이 나온다. 오늘 날씨가 얼마나 추운지 휴대폰으로 확인해보니 오늘만 이렇고 내일이면 낮은 10도까지 올라가는 봄 날씨가 다시 온단다. 이 길고 길었던, 신발의 무게가 무릎까지 느껴지던 겨울도 지나간다.

가끔 '성공하셨네요.'라는 말을 들을 때가 있다. 그러면 솔직한 내 첫 대답은 아니 무슨 그런 말씀을, 이다. 스웨덴에 혼자 유학 와서 박사 학위를 받았고, 대학에서 연구도 하고, 석사과정 프로그램 책임자이며, 박사과정 학생들을 지도한다. 그럼에도 성공이라는 단어가 어색하고 안 맞는 구두처럼 불편하다. 나는 매일같이 걱정하고 또 걱정하기 때문이다. 왜 여전히 실수를 하는지, 내 결정이 맞는지, 무엇보다 좋은 엄마인지. 어떻게든 해나간다는 것에 감사하면서 겨우 꾸려나가는 삶이지만, 아무튼 어른의 삶이다.

여기 있는 글들은 어느 인터넷 게시판에 썼던 것이다. 글을 쓰고 올린 건 공감을 구하고 싶어서이기도 했다. 그러나 가장 아팠던 시간 한가운데서 무엇보다 나 자신을 이해하고 마음을 잃어버리지 않기 위해 글을 썼다. 인생의 어떤 일들은 시간과 함께 지나가기도 하지만 어떤 일들은 지나가도록 만들어야 하고, 또한 그 시간을 견뎌내는 동안 소중한 나의 모습을 잃지 않기 위해 무던히 노력해야 한다. 이 글들은 그러한 노력의 하나였다.

타인에게 솔직하려면 먼저 나를 알아야 한다. 그러나 우리가 스스로 이렇다고 믿었던 것들은 곧잘 틀린다. 위기에 놓였을 때 '내가 생각했던 나'의 반응과 그 순간 내 진짜 반응은 종종 전혀 달랐다. 어쩌면 인생이란 나 자신에 대한 발견일지도 모른다. 먼지의 무게마저 버겁던 때 깨달았다. 공부나 일을 잘하기 위해서가 아니라, 내가 바라는 인간이 되기 위해서도 노력해야 한다는 걸.

글을 쓸 때면 감정의 끝까지 가보려고 힘을 다했다. 시간이 흐른 뒤 읽으면 당시에 대한 해석은 달라진다 하더라도, 글 안에 있는 그 순간의 내 진실을 볼 수 있었으면 하는 마음으로 쓴 글이다. 나 자신을 독자로 두고 쓴 글을 출판하게 되니 감사한 만큼 두렵다.

어쩌다 만나는 한국 사람들은 나보고 한국 사람과 생각하는 게 다르다고 하고, 가끔 스웨덴 친구들은 너 그렇게 생각할 때는 완전히 한국인이라고 말한다. 모두 사람 사는 곳이지만 다른 방식으로 생각하는 이곳의 이야기들이 어떤 때는 웃음을, 어떤 때는 순간의 휴식을 주었으면 한다.

글은 시간순으로 배치하지 않았다. 책 한 권으로 어떤 이야기를 만들어간다기보다는 글 하나하나가 그 순간을 이야기한다고 받아들여주시면 좋겠다.

이 책을 사랑하는 가브리엘과 엄마, 동생들 그리고 내 스웨덴 가족인 친구들에게 감사하는 마음으로 내보낸다. 그리고 언제나 내가 혼자라고 생각할 때 혼자가 아닌 것을 깨닫게 하신 하나님께 감사한다.

퇴근하는 길, 푸른 하늘이 화창하다. 긴 겨울 쌓인 눈과 얼음 사이 작은 보랏빛 크로커스가 고개를 내밀고 있다.

스웨덴에서
안송이

목차

어떤 말은 도움이 된다

너의 심장은 부서질 거야

스웨덴에서, 나는 혼자가 아니다

말이 할 수 있는 것, 말이 할 수 없는 것

수저 하나만 더 올려놓으면 된다

어떤 말은 도움이 된다

○   영하 18도 추위를
      견뎌나가기

　　스웨덴은 어쩌다 겨울이 늦게 온다고 해도 좋아할
거 하나 없다. 언젠가 오게 되어 있다. 마치 동장군이 '앗, 늦
게 와서 미안, 대신 강하게 와줄게.'라고 말하는 것 같다. 크
리스마스가 하지처럼 따뜻하다 했더니 바로 겨울이 왔다.
스웨덴 어디에는 영하 40도까지 내려갔다는데, 이곳 린셰
핑은 그 정도는 아니지만 낮에도 영하 16도를 유지하는 그
런 추운 날들이 이어졌다.

　　며칠 전 학교에 가는 길이었다. 갑자기 아이가 가다 말고
멈추더니 놀란 목소리로 말했다. '엄마, 입이 차가워.' 코가

차가운 건 익숙하지만 입까지 차가운 건 처음이었나 보다. '응, 세상이 다 추워, 무척 추워.'라고 대답하니 아이가 입술을 새부리처럼 내밀었다. '엄마, 뽀뽀.' 뽀뽀를 하면 영하 18도의 아침 추위에 얼어붙은 입술도 녹을 거라고 확신하듯이. 길거리 한복판에서 아이랑 뽀뽀를 하고 웃으니까 두 사람 입에서 하얀 김이 새어 나왔지만 따뜻했다.

우리의 가엾은 육체는 늘 무엇인가 필요하다. 매일매일 크든 작든 무엇인가로부터 우리를 보호해야 한다. 그것이 극심한 추위일 때도 있고, 너무나 따가운 햇살일 때도 있고 어쩌면 맨발로 디디면 찌릿찌릿하게 아플 자갈길일 수도 있다. 우리가 보호해야 하는 건 몸뿐이 아니다. 마음을 잃지 않기 위해, 찬바람 부는 영혼의 겨울을 건너어나가기 위해 더 조심하고 단단히 지켜야 한다.

요 몇 년간, 나는 종종 아무 맥락 없이 선물이를 보고 '엄마 선물이 많이 사랑해.'라고 말했다. 길 가다가도 하고, 밥 먹다가도 하고, 책 읽다 말고 갑자기 했다. 어쩌면 그 말이 방패가 되고 기둥이 되어서 작아지고 예민해진 내 마음뿐 아니라 우리 둘을 세상 모든 것으로부터 보호해주기를 바랐나 보다. 그 말을 하면 마음을 잃지 않고 다시 나갈 수 있다고 생각했나 보다.

잡을 수 있는 손, 맞잡아주는 손, 뽀뽀, 그리고 믿음. 추위를 견뎌내기 위해서 산 모자 장갑 코트만큼이나 중요하다.

ㅇ   혼자의 무게

별로 좋아하지 않아서 띄엄띄엄 읽는 칼럼이 있
다. 젊은 작가인데 꽤 오랫동안 우울증, 혼자인 삶, 그리고
자기 가족을 주제로 연재했다. 작년에 새 연인과 행복한 삶
에 대해 썼던 걸로 기억하는데 지난주 어쩌다 읽었더니 헤
어졌나 보다. 칼럼은 이 사람이 벽에다 못을 박는 데 실패했
다는 데서 시작했다. 그는 새로 칠한 벽에 커다란 구멍만 두
개나 내놓고는 정작 못은 박지 못해서, 밖에 나가서 지나가
는 사람들 중 목수나 기능공처럼 보이는 사람을 잡아 무턱
대고 말했다. '도와줄래요?' 결국 그 사람이 도와주었다는

이야기였다. 마지막에 작가는 이렇게 썼다.

> 둘이 살면 하나가 못하는 걸 다른 하나가 한다. 아니
> 면 둘이 함께 한다. 혼자 살면 이런 사치는 없다. 그
> 러면 일을 해결하기 위해 좀 뻔뻔해질 필요가 생긴
> 다. 혼자 사는 여자로서 나는 이럴 때 모르는 사람과
> 는 어떤 식으로 행동해야 한다는, 사회가 정한 규범
> 을 무시하는 법을 익혔다. 나는 아무에게나 도와달
> 라고 할 수 있다. 나가서 물어보기만 하면 된다.

길을 걷는데 순간 놀이공원의 빙글빙글 도는 컵을 타고 있는 것처럼 세상이 핑그르르 돌아 그만 넘어지고 말았다. 가만히 있다가 조금 나아져 아이를 데리고 집에 돌아온 후 병원에 전화를 걸었다. 간호사와 통화하는데 아이가 말을 걸었다. 그러자 수화기 너머에서 물었다. '아이가 있나요? 몇 살인가요?' 일곱 살이라고 하자 나 말고 다른 어른이 집에 있는지 다시 물어왔다. 없다. 이번에는 누가 곧 집에 올

거냐고 물었다. '아니, 혼자예요.' 그러자 간호사는 차분한 어투로 말했다. '그러니까 지금 당신은 몸을 움직일 수 없을 정도로 어지러운데 어린아이와 혼자란 말이군요. 자, 이 전화를 끊고 응급차를 부르세요. 내 생각에 당신은 달팽이관에 문제가 있는 것 같은데, 별거 아니지만 몸을 움직일 수 없는데 아이랑 혼자 있는 건 좋지 않아요.'

응급차는 금방 왔다. 몇 가지를 물어보고 간단한 검사를 하더니 병원에 가야 한다고 했다. 저녁 먹을 시간이 다가오는데 아직 끼니를 하지 못한 아이를 위해 집에 겨우 반쪽 남아 있던 간식 빵과 주스를 챙겨 넣고 구급차를 탔다. 구급대원들도 아이를 돌볼 사람이 있냐고 묻고 나는 다시 대답했다. 없어요. 처음에는 구급차를 탄다고 좋아하던 아이가 구급대원들이 엄마의 몸에 이것저것 붙이고 주사까지 놓자 소리를 질렀다. '우리 엄마한테 그러지 마세요.' 보이지 않는 곳에 앉은 아이를 향해 '괜찮아 안 아파, 하나도 안 위험해.' 하고 반복해 말하는 것이 다였다. 구급차에서 내려 보니 아이는 얼어 있었다.

이번에는 응급실 간호사들이 질문했다. '아이를 돌봐줄 사람이 있나요?' 눈물이 흘렀다. 내가 아파서, 무서워서 우는 줄 알았던 그들에게 목이 멘 채로 말했다. '아이 때문에요.' 간호사들이 나를 안심시켰다. '괜찮아요. 우리가 다 돌봐줄게요.'

응급실에서 응급하지 않은 환자들은 마냥 기다려야 한다. 아무래도 오래 걸릴 것 같아 아이 아빠한테 전화를 했더니 6시 전인데 벌써 술을 마셔서 갈 수 없다는 답이 돌아왔다. 왜 자기가 술을 마셨는지, 마셔도 되는지 설명하는 그의 말이 귀찮아서 알았다고 했다. 필요한 거 있으면 전화하라고, 자기가 도와주겠다는 그에게 이렇게 말하고 끊었다. '넌 도와줄 수 없잖아.'

작년에 졸업했을 것 같은 젊은 의사가 눈을 상냥하게 뜨고 이것저것 검사를 한다. 침대를 낮추어야 하는데 아직 조작이 어설프다며 레버를 돌린다. 아이는 침대가 움직이는 대로 움직인다. 검사를 끝내자 젊은 의사는 윗사람과 의논해보고 알려주겠다며 사라졌다. 두 시간이 훌쩍 지나갔다. 누구 다른 사람을 불러 아이를 데려가라고 해야 하나. 소피아는 아파서 못 움직이고, 에밀리는 지금쯤 퇴근했을까? 생각이 많아졌다. 아무것도 먹기 싫다는 아이한테 빵이랑 주스를 먹이고 다독이는데 젊은 의사가 내 또래의 의사와 돌아왔다. 일어나서 걸어보라는 말에 몸을 일으키니 아이가 말했다. '엄마 나도 엄마랑 걸어.'

마지막 검사를 하는데 어지럼증이 덮쳤다. 눈동자가 마구 흔들린다. 예상했던 대로 이석증이다. 위험하지 않지만 취할 수 있는 조치도 없다고 했다. 나이 든 의사가 먼저 가고 나자 젊은 의사는 어지럼증이 올 때 일어나는 메슥거림을 막는 약이 있는데 이거라도 받아 가시겠냐고 물었다.

공항 갈 때나 타던 택시를 타고 집에 돌아와, 9시 가까운 시간에 저녁을 먹고 나서 아이랑 누우니 아이가 말했다.

'엄마, 아빠는 안 왔어.'

'엄마, 병원은 무서웠어.'

'응, 그래, 알아. 그리고 엄마 이제 괜찮아.'

누군가가 없다는 건 왜 이렇게 무거운지. 다시 그 무게에 눈물이 났다.

친구가 외국에서 살던 동생이 백일 된 조카와 친정에 다니러 왔는데, 애기를 돌보느라 친구 어머님이 살이 빠졌다고 말했다. 아기 돌보고 빨래하고 밥하고, 일이 얼마나 많은지. 가만히 듣다가 불쑥 말이 나왔다.

'난 그거 혼자 다 했는데.'

나는 둘이었을 때도 혼자 다 했다. 말하는 게 귀찮아져서 혼자 했고, 내가 못하는 건 바라지 않았다. 그래서 도움을 부탁하는 게 익숙하지 않다.

떠난 지 겨우 일주일이 된 S에게 그리움을 길게 쓴 편지를 보냈다. 병원에서 생각했다. S가 있었다면. 가장 그리운 건 그가 있는 동안에는 그를 믿을 수 있었다는 거다. 그에게는 기댈 수 있었다. 몸이 너무 아팠던 때 한번 잔디 깎는 것을 도와달라고 부탁하자 그는 선뜻 깎더니 그때부터는 묻기도 전에 늘 깎아주었다. '이거 무거운데 왜 나한테 말 안 했어요?' 마지막 본 날도 잔디를 깎아주었다. 블라인드가 고장 났던 날, 사람을 불러야 하나 했는데 마침 저녁 먹으러 온 그가 고쳐주며 말했다. '항상 나한테 먼저 물어봐요.' 헤어지는 게 결정된 뒤에도 그는 끝까지 집 구석구석을 고쳐주었고 무엇이든 도와주려 했다. 길게 부탁의 말을 할 필요도 없는 사람이었다.

아무래도 난 이제 부탁하는 걸 배워야겠다.

기도한다. 하나님, 지금까지 그래도 혼자 해낼 수 있게 하셔서 감사합니다. 앞으로도 할 수 있게 해주세요. 그리고 응급실이나 병원은 아이가 열다섯 살이 되기 전에는 다시는 가지 않아도 되게 해주세요.

옆집의
정원관리마니아

해는 안 나고 비만 오는데도 쑥쑥 자라버린 잔디 위로 무거운 잔디깎기를 힘겹게 밀던 중이었다. 이웃집 엠마 엄마는 들어가던 발걸음을 멈추고 평소대로 안녕 인사하더니, 그 자리에 그대로 서 있었다.

스웨덴에는 집을 가리는 시멘트로 만든 높은 담이 없다. 우리 집은 정원이 딸린 아파트 1층인데, 골목길 쪽으로는 낮은 나무로 만든 울타리가 있고 우리 집과 옆집 사이로는 덤불 나무가 담 역할을 한다. 울타리의 높이는 선물이 키에도 못 미친다. 그 너머 우뚝 선 엠마의 엄마는 뭔가 할 말이 있어 보였다. 다가갔더니 그녀는 덤불 나무가 많이 자랐다는 걸 지적했다. 골목길의 나무 울타리 높이로 다 잘라주어야 하며, 또 덤불 사이로 여러 가지 잡초들이 자라났는데 그 것도 좀 없애면 좋겠단다.

한국에서 층간 소음이 이웃 간 다툼의 주요 원인이라면 스웨덴에서는 이웃의 형편없는 정원 상태가 단골이다. 나는 날숨을 뱉었다. '내일 친구가 오는데 같이 해봐야겠어요.' 사실 중학교 이후로 아파트에서만 살았던 나에게 정원 일은 쉽지 않다. 엠마 엄마는 네, 하더니 덧붙였다. '친구가 도와줄 수 없으면 나한테 말해요, 내가 도와줄게요.' 그리고는 가던 길을 갔다.

잔디깎기를 두 줄 돌렸을까 했을 때 엠마 엄마는 벌써 볼 일을 마쳤는지 그 자리에 또 서 있었다. 나를 보더니 다시 한번 말했다. '정말로 말하는 거예요. 친구가 도와줄 수 없으면 나한테 말해요. 나 이런 거 손질하는 거 참 좋아해요.' 순간, 아, 이 사람은 진심으로 이걸 잘라버리고 싶어 하는구나 느껴 물었다. '지금 할래요?' 엠마 엄마는 씩 웃더니 정원 손질용 가위를 가져오겠다며 뒤돌아섰다.

결과? 얼마 후 우리 집 마당에는 그녀가 잘라낸 나뭇가지, 덤불 등등이 가득 찬, 이사할 때나 쓰는 큼직한 검은 플라스틱 봉투가 무려 다섯 개 쌓였다. 이 일을 다 끝내는 데 두 시간 걸렸다.

그녀는 덤불을 쳐내고 나는 잔디를 마저 깎으며 잘린 나뭇가지들을 봉투에 주워 담는 동안 평소 '안녕? 안녕!'에서 그치는 사이였던 우리는 대화를 시작했다. 그녀는 누군가 버렸거나 힘든 상황에 처한 동물들을 잠깐 돌봐주는 일을 한다는 것과(그래서 그렇게 동물이 많았구나!) 허리를 조금 다쳤다는 것도(그러면 이거 하면 안 되잖아요?) 알게 되었다. 그리고 수년을 알고 지낸 끝에 비로소 통성명을 했다. 그녀의 이름은 테레스다. 테레스가 웃으며 말했다.

'이렇게 된다니까, 그냥 선물이 엄마, 엠마 엄마로 지냈지, 이름도 몰랐다니까.'

테레스의 딸 엠마와 좀 더 가깝다. 엠마는 이제 만 열 살이지만 넉넉하고 침착한 아이다. 또래 친구들과도 잘 어울리고, 자기보다 어린 동네 꼬맹이들과도 잘 지낸다. 몇 주 전 집 앞에서 놀던 선물이가 갑자기 눈에 안 띄어 뛰쳐나가자 엠마는 '저희도 도와드릴게요!' 하며 다른 아이들과 함께 선물이를 찾기 시작했다. 엠마는 곧 더 큰 놀이터에서 놀고 있던 선물이를 구슬려 집으로 데려왔다. 그때 구두가 너무 좋다는 엠마가 몇 번 내 구두에 감탄하던 것이 떠올라 집으로 초대해 아이스크림을 주고 내 구두를 모두 보여주었다.

'엠마는 혼자죠?' 물으니 테레스가 말했다.

'응, 나랑 엠마 단 둘이에요. 우린 처음부터 단 둘이었어요.'

'그런데도 엠마는 큰 언니 같아요.'

테레스가 끄덕거린다. '응, 애가 어릴 때부터 그랬지요.'

이야깃거리를 찾는 내게 테레스가 말했다.

'나는 혼자라, 지금 혼자인 당신이 얼마나 도움이 필요한지 알아요. 나는 늘 좋은 친구들이 옆에 있어서 해나갈 수 있었어요. 필요하면 언제라도 엠마가 선물이를 돌볼 수 있는지 물어봐요.'

덤덤하게 다정한 말을 하던 테레스가 한마디를 덧붙인다. '선물이는 너무 예뻐요.'

테레스는 일을 마치고 나에게 앞으로 이 덤불을 어떻게 가꾸어야 하는지 알려주었다. '아니면, 나한테 부탁해요. 사실 나는 정원일을 좋아하고, 또 잘하고, 내 이웃들의 정원이 잘 손질되어 있는 게 좋거든요.'

그녀가 가고 나서 갑자기 〈프렌즈〉에서 남의 집까지 청소하려던 모니카가 생각났다.

동네 아이들의 이름을 알게 되고, 그 아이들이 자라나는 걸 보고, 서로의 집에 아무렇지도 않게 오가고, 때로는 아이를 맡기고.

나는 그런 곳에 산다.

○   **소유의 기쁨**

언제인가 친구가 말했다. '난 뭘 더 가진다고 해도 네가 몽블랑을 사고 계속 잘 쓰면서 행복해하는 것처럼 그렇게 기분이 좋을 거 같지가 않아. 난 그게 부러웠어. 네가 아, 난 돈 벌면 좀 좋은 커피를 사 마셔야지 하면서 그게 너의 작은 사치라고 말했을 때, 그런 게 있는 네가 부러웠어.'

가끔 농담으로 내 이상형은 백마 탄 왕자가 아니고, 벤츠를 모는 남자도 아니고 나한테 몽블랑 펜을 사주는 남자라고 말하곤 했다. 그 말이 농담만은 아니었던 건 몽블랑이 비싸기도 하지만, 그걸 선물하는 남자라면 나를 아는 남자라고 생각했기 때문이다.

아빠가 돌아가시고 나서 엄마는 아빠 물건 중 몇 개를 어린 우리들에게도 주셨는데 나는 아빠의 만년필을 가지고 싶다고 했다. 아빠는 글을 잘 쓰셨다. 육아일기라든가 우리에게 (아니 사실 첫째인 나에게) 쓰신 편지들은 지금 읽어봐도 좋다. 아빠의 필체는 참 아름다웠다. 내 기억 속의 아빠는 글을 읽는 것도, 쓰는 것도 참 즐기는 사람이었고 그래서 아빠의 만년필이 꼭 가지고 싶었다. 바로 몽블랑이었다. 소중히 여겼지만 어느 겨울 그만 떨어트렸고, 부러졌다. 그 순간 내 심장도 부러지는 줄 알았다. 그 뒤로 언젠가 아빠의 몽블랑을 사겠다고 늘 꿈꿔왔다.

몽블랑을 살 수 있는 나이가 돼서야 몽블랑이 얼마나 비싼지 알았다. 펜 하나에 그런 돈을 쓰기에는 어른으로서 책임져야 하는 다른 일이 너무 많다고 느꼈다. 그럼에도 몽블랑에 대한 욕구는 줄어들지 않아서, 펜에는 전혀 관심 없고 나를 만나기 전에는 사실 몽블랑이란 펜 메이커가 있다는 것조차 몰랐던 소피아도 함께 출장 가던 길에 공항에서 손가락질을 하며 외쳤다. '야, 저기 몽블랑 있다.'

지난여름 밴쿠버에 출장 갔을 때 호텔 바로 옆에 몽블랑 매장이 있었다. 소피아에게 나의 몽블랑 바라기를 전해 들었던 안드레아스가 말했다.

'저거 몽블랑 아니야?'

'몽블랑이네.'

'도대체 가격이 얼마야? 알고 있지?'

얼마 정도 하는지 알려주었더니 안드레아스는 입을 떡 벌렸다.

'와우, 펜 하나에?'

'뭐. 가방 하나에 몇 백도 하는데.'

그건 그렇다더니 갑자기 나를 부추겼다.

'송이야, 도대체 몇 년 동안 그 펜을 가지고 싶어 했지? 내가 너라면 지금 사겠다. 오랫동안 갖고 싶어 했던 거고, 네

월급도 괜찮고, 또 살 것도 아니고(아닌가? 또 살 거야?).'

　일을 마치고 어느 날 혼자 실크 원피스를 입고 밴쿠버의 현대미술관을 둘러보았다. 호텔로 돌아가던 길에 몽블랑 매장을 지나가려다 발을 멈추고 문을 열었다. 장갑을 끼고 손님을 맞이하는 점원들 중 한 중국계 여성에게 아버지의 만년필이 어떤 것이었는지 말하자 그녀는 곧 알아들었다. '아 예전 모델이군요. 다행히 클래식 모델들이 다시 출시되었어요. 이건가요?' 그녀가 펜 하나를 꺼내 보여주었다.

　아빠의 몽블랑이었다. 그리고 내가 아는 몽블랑 중 두 번째로 저렴했다. '아빠의 모델이 좀 더 비싼 게 아니라 다행이군요.'라며 웃었다. 더 살펴보니 아빠 것과 아주 같지는 않았다. 예전 모델은 펌프질을 해서 잉크를 넣었는데 요즘 것은 나사처럼 돌리기만 하면 된다. 잉크가 떨어지면 새 카트리지로 바꾸면 그만이라 손을 더럽히지 않아도 된다.

　몽블랑을 살 때 일단 갖고 나면 혹시라도 그 만족감이 갖기 전의 기대감보다 못할까 봐, 혹은 다른 몽블랑을 갖고 싶어질까 봐 걱정했다. 그렇지만 몇 년이 지난 지금도 나는 매일매일 종이 위에서 스케이트를 타는 것처럼 미끄러지듯 움직이는 펜 감촉에 기분이 좋아지고, 다른 무엇을 더 소유하고 싶다는 생각이 들지 않는다. 하나면 된다. 내가 원했던 건 고급 물건을 수집하는 게 아니라 의미였다. 나와 아빠와 추억을 이어주는 기념품.

모셔두는 거 아니냐며, 그렇게 비싼 펜을 어디에다 쓰냐는 동료들에게는 우스개로 장 볼 목록을 적는다고 했지만 사실 나는 내 몽블랑을 언제나 지니고 다니며 무엇에나 쓴다. 일기도 쓰고 편지도 쓰고 회의에 참석할 때도 챙긴다. 소중하게 여긴다는 기색은 아이도 알아채는 것인지, 집에서 몽블랑을 쥐고 일기를 쓰고 있으면 선물이가 말한다. 엄마, 선물이도. 아직은 안 된다고 달래면 착한 선물이는 '웅' 하고 대답한다. 어쩌면 아이도 크고 나면 저 펜으로 엄마가 내 육아일기를 다 썼다며 갖고 싶어 할지도 모른다.

펜 하나에 과거 현재 미래가 다 연결되어 있다.

○   **어떤 말은**
        도움이 된다

        내가 샬롯을 만났을 때 나는 지금까지의 내 삶에서
가장 힘든 시기에 있었다.

    스웨덴에는 퍼레틱스 헬스보드(Företagshälsvård)라는
것이 있다. 근무처가 직원들의 건강을 관리하고 의료 서비
스를 제공하는 시스템으로, 이 업무를 도맡아 하는 회사가
따로 있다. 일과 관련해 건강이 나빠졌다거나 재활이 필요
하다고 생각되는 경우, 개인이 보통 병원을 통해 치료를 받
는 게 아니라 이렇게 직장을 통해 치료와 그 외 필요한 도움
을 받을 수 있다. 그해 겨울 나는 책임자를 맡고 있는 석사

프로그램에서 큰 프로젝트를 진행하면서 동시에 국가 심의를 받아야 해서 업무는 그 어느 때보다 과중했고, 그와 동시에 이혼을 결정했으며, 아이는 자폐아 판정을 받았다. 그 시기를 거치며 몸 또한 견디기 힘들 만큼 나빠져 이 시스템을 통해 의사를 만났다. 그렇게 샬롯을 알게 되었다.

샬롯의 첫인상은 참 단단한 느낌이었다. 스웨덴 사람치고는 작은 키에 마른 몸, 은발을 한 의사는 시간이 있으니 나의 육체적 증상뿐 아니라, 정신적으로 힘들게 하는 것까지 이야기해보라고 했다. 재난의 일 년간 무슨 일이 일어났는지 말하는 동안 그녀는 특별한 표정의 변화 없이 잠자코 듣고 있었다. 그때 만난 전문 상담가를 포함한 대부분의 사람들이, 내가 처한 상황을 들으면 어떤 생각을 하는지, 나를 얼마나 불쌍히 여기는지, 그들의 눈을 보면 알 수 있었는데 샬롯의 감정은 읽을 수 없었다. 그렇다고 무심하다거나 건성으로 듣는다는 생각은 들지 않았다. 오히려 그 반대였다.

다 들은 뒤 샬롯은 물었다.

'당신은 이미 마음을 정한 것 같은데 무엇이 가장 두려운 가요?'

'제가 혼자가 되잖아요. 혼자서 다 해야 하는 게 두려워 요.'

그러자 그녀는 차분한 목소리로 말했다. '지금까지 내가 듣기로, 당신은 여태까지도 혼자 다 했어요. 어떻게 생각하 면 이미 혼자였어요. 남편과 이혼한다고 당신이 해야 하는 일이 더 늘어날 것 같진 않군요. 아마 어떤 면에서는 줄어들 지도 몰라요.'

내가 내 가족이 여기 있었으면 좋겠다고 하자 그녀가 말 했다. '당신이 스웨덴 사람이라면 달랐을 거라고 생각해요? 스웨덴에도 가족과 멀리 떨어져 있거나 가족이 없는 사람 들도 많아요. 모두가 더 나은 상황에 있는 건 아니에요.'

그리고 물었다.

'지금 당신의 상황이 더 나아지게 하기 위해 무엇 하나를 바꿀 수 있다면, 그건 무엇인가요?'

나도 모르게 진심이 나왔다.

'다른 한 사람의 어른에게 진정한 가까움을 느껴보고 싶어요.'

샬롯은 가만히 나를 응시했다.

'그건 내가 도와줄 수 없군요.'

우리는 서로를 보며 처음으로 웃었다.

한 달 뒤, 한 건의 큰 프로젝트를 마치고 나서 내 기력은 완전히 바닥을 드러냈다. '저 이제 포기합니다.'라고 선언한 내게 샬롯은 병가를 승인해주며 말했다.

'당신이 한 이야기를 열심히 들었어요. 지금 상황에 대한 당신의 생각이나, 미래를 바라보는 관점 등 사고방식에는 문제가 없어요. 우울증과는 달라요. 당신은 지금 불행한 상황에 있고, 그래서 불행한 거죠.'

'그런 의미에서 당신은 (정신적으로) 건강하다고 볼 수 있어요. 그렇다고 해도 도움이 필요 없다는 건 아니에요. 오히

려 지금 약의 도움을 받아, 불행이 더 진행되어서 병적 우울
증으로 가는 걸 막아야 해요.'

샬롯은 나에게 빨리 낫기 위해 지켜야 할 숙제를 주었다.

1. 밥을 챙겨 먹어요. 밥 먹기가 힘들면 빵의 4분의 1, 견
과류, 과일 같은 걸 적은 양으로 자주 먹도록 해요. 아몬드
하나 먹는 건 힘들지 않아요.

2. 약을 챙겨 먹고,

3. 잠을 잘 자요.

4. 하루에 한 시간씩, 해가 나와 있을 때 산책을 하세요.
체력을 강화해야 건강이 빨리 회복됩니다.

5. 하루에 하나 좋아하는 일을 계획하고 실행하도록 해
요. 기쁨은 에너지예요. 당신은 지금 에너지를 다 소비했어
요. 좋아하는 일을 해서 에너지를 얻어야 해요. 지난번에 말
한 그 스톡홀름에서 열리는 신디 서만 전시회 가도록 해요.
병가여도 이런 건 가도 돼요.

6. 친구들을 만나요. 당신은 지금 한 사람에게 상처를 받아 믿음이 많이 깨져 있어요. 다른 사람들을 만나, 사람에 대한 믿음을 다시 회복하고 좋아하는 사람들과 함께 시간을 보내는 게 중요해요.

내가 받은 어떤 조언보다 가치 있는 숙제였다.

여섯 달간의 정기적 만남이 끝나던 날, 나는 초콜릿 상자를 하나 준비해갔다. 언젠가 샬롯이 했던 말이 떠올랐다. '환자들 중 자꾸 페이스북에 친구 요청을 하는 사람들이 있어요. 그렇지만 나는 이런 환자 의사 관계는 환자 의사 관계로 끝나는 게 좋다고 생각해요.' 그녀에게 친구 요청을 하는 사람들의 마음을 알 것 같았다. 한데 그걸 거절하는 모습이 바로 내가 굉장히 좋아하는 그녀의 본질 중 하나다.

그날 나는 봄에 갑자기 꽃가루 알레르기와 헤이즐넛 알레르기가 생겼다는 이야기를 했다. 그녀는 그건 아마 내 건강이 많이 안 좋아져서 지금까지 나타나지 않았던 알레르기 반응이 시작된 것일 거라고 설명했다. '혹시 건강이 좋아지면 사라질까요?' 물어보니 샬롯은 아이가 우스운 질문을 한 것처럼 웃으며 답해주었다. '알레르기는 그런 식으로 작용하지 않아요. 그런데 저 초콜릿 상자 안에 뭐가 들었나요?' 조금 당황하는 기색을 내비치자 샬롯이 말했다. '아니, 달라고 하는 게 아니라 당신은 이제야 알레르기가 생겨서 주의하는 게 익숙하지 않았을 테니까 걱정이 되어서요. 이제 저런 초콜릿 살 때도 어떤 견과류가 들어 있는지 알아봐야 해요.' 이번에는 내가 웃었다. '사실 이건 선생님 드리려고 샀어요. 아마 우리가 만나는 건 오늘이 마지막이겠죠. 선생님의 조언으로 더 빨리 회복했어요. 감사합니다.'

그녀는 처음으로 놀란 얼굴을 했다.

샬롯과의 만남은 정말 그날이 마지막이었다. 그걸로 충분했다.

○   **반쯤은 스웨덴인이
되 것 같은 순간들**

지금은 스톡홀름에서 집으로 가는 기차다. 일 때문에 한 회의에 참관하고 오는 길이다. 북유럽 사람들이 모인 이 회의에서는 모두가 본인의 모국어로 대화했다. 그러다 보니 스웨덴어, 덴마크어, 아이슬란드식 덴마크어, 핀란드식 스웨덴어(핀란드어는 소위 스칸디나비아어와 아주 다르다. 그런데 역사적 이유로 핀란드 사람들은 오랫동안 스웨덴어를 배웠다.), 그리고 노르웨이어가 아무렇지 않게 섞여 오간다. 스웨덴 사람들이 내게 자주 하는 질문 중 하나가 '한국인은 중국어랑 일본어를 그냥 배우지 않아도 이해하느냐'이다. 아마 스웨덴어, 덴마크어, 노르웨이어로 말해도 서로 이해하는 게 그렇게 힘들지 않기 때문에 다른 나라들도 그러려니 하는 모양이다.

사실 지방 사투리 억양이 나오면 덴마크어도 노르웨이어도 스웨덴 사람들에게 어렵다고 한다. 그렇지만 이 세 나라의 사람들이 모여서 각자의 표준어로 이야기하면 통역 없이도 서로 이해할 수 있다. 나도 노르웨이나 덴마크 사람을 만나면 스웨덴어로 말한다. 아직 덴마크어는 어려운데 오늘 회의에서 이제 노르웨이어는 어느 정도 이해한다는 것을 깨달았다. 요즘에는 노르웨이어 특유의 어투도 흉내 낼 수 있다. 이럴 때 와, 나 정말 여기 오래 살았구나 실감한다.

지난주에 마데 교수님은 나를 생일 파티에 초대하며 생일 선물로 소피아랑 함께 토스트마스터(toastmaster)가 되어주지 않겠냐고 물었다. 두 번째다. 그 옛날 휴 그랜트가 나왔던 영화 〈네 번의 결혼식과 한 번의 장례식〉에서처럼 이곳에서는 큰 파티가 있으면 사람들이 짧은 축사를 한다. 그러니까 토스트마스터를 번역하자면 축사자쯤 될까? 한국에서라면 어떤 자리에서는 노래를 해야 하는 것과 비슷하다. 노래가 그렇듯이 이것도 잘하는 사람과 못하는 사람, 하기 괴로워하는 사람, 그럼에도 해야만 하는 사람들이 있다. 나는 노래보다는 축사를 잘한다. 적당한 농담과 적당한 진지함을 섞어서, 의도한 때 웃게 만들고 또 고개를 끄덕이게 만들 수 있다. 처음에는 낯설기만 하던 문화였는데 이제는 내가 그 토스트마스터를 하고 있다니.

스웨덴에 오고 몇 년간은 토스트마스터뿐 아니라 거의 모든 것이 적응의 대상이었다. 나보다 나이가 훨씬 많은 사람들을 이름으로 불러야 할 때마다 이질감이 들었다. 스웨덴 사람들에게도 내가 이상했다. 박사과정 첫해 어느 날, 함께 일하는 수산이 불쑥 말했다. "웃을 때 왜 입을 가리는 거야? 그럴 필요 없어." 나는 내가 입을 가린다는 사실조차 몰랐다. 바디랭귀지까지 스웨덴식이 된 지금, 이 사건은 이제 사람들을 웃기고 싶을 때 꺼내는 일화가 되었다. 더 이상 내 행동 하나하나를 의식하지 않는 나를 보며 다행스러운 한편 깨닫는다. 그만큼 오랫동안 떨어져 살았구나.

한국에 돌아가면 가끔 그곳이 낯설고, 한국 사람들도 내 어떤 행동을 낯설어한다. 나를 가리키며 '쟤가 외국에서 오래 살아서 저래요.'라고 이해를 구하는 소리는 스웨덴의 친구들이 '송이는 한국에서 왔거든요.'라고 설명하는 소리와 같은 울림을 갖고 있다. 양쪽 어디에도 완전히 속하지 못하지만 꼭 슬프지만은 않다. 스웨덴만의 것도 한국의 것만도 아닌, 그 사이에 있는 나만의 방식을 나는 오랜 세월 적응하며 만들어냈다. 그 결과로 내 삶을 살아가는 것도 괜찮다.

○ 캐러멜 도넛은
      남겨주면 안 될까요

선물이가 제일 좋아하는 단 음식은 아이스크림과 딸기 도넛이다. 특히 시내 쇼핑몰에 있는 도넛 가게에서 산 선명한 분홍색의 도넛. 도넛은 동네 가게에서 하나에 10크로나면(1200원) 살 수 있지만 이곳에서는 딱 두 배 비싸다. 쇼핑몰 1층에 한 구석에 있는 이 작은 가게의 도넛은 덜 달고 덜 느끼하다. 아이는 시내에 가면 꼭 이곳에 들러 예쁘게 장식된 도넛을 구경하고 고른다. 어쩌다 두 개만 사려고 하면 가게 주인은 덤으로 하나 더 주기도 하고, 블루베리 도넛이 없어 선물이가 실망하면 '아저씨가 지금 만들어줄게.' 하면서 당장 반죽을 튀기기도 한다. 우리는 보통 딸기, 라즈베리, 블루베리, 배, 캐러멜 도넛 그리고 선물이가 엄마 꺼라며 고르는 초콜릿 도넛까지 꼭 여섯 개를 산다. 빨강, 분홍, 보라, 갈색, 초록, 색깔도 예쁜 도넛이 한 상자를 가득 채운다. 집에 돌아오면 두 개 정도 먹고 나머지는 얼린다.

아이를 학교로 데리러 간 금요일 미적거리는 아이의 귀에 속삭였다. '집에 가서 도넛 먹자. 얼려두었던 라즈베리랑 캐러멜 도넛.' 벌떡 일어나 옷 입고 책가방 챙기고 집에 오던 길에 아이가 말했다.

'엄마, 아빠도 도넛 좋아해. 엄마, 아빠 캐러멜 도넛 좋아해. 엄마, 남겨뒀다 내일 아빠 주자.'

아이 말을 들으니 기쁘다. 그리고 아프다. 어린아이가 자기가 좋아하는 음식을 남을 위해 참고 먹지 않는 것, 그걸 누군가에게 주고 기쁨을 느끼는 것은 대단한 일이다. 나는 어릴 때 못 그랬다. 나누는 기쁨은 한참 어른이 된 후에야 배운 것이다. 이렇게 큰 마음을 아이가 가지고 있다는 게 아름답고, 엄마로서 자랑스럽다. 그런데 그 마음은 부모가 먼저 아이에게 품어야 하는 것인데, 그 마음의 대상인 아빠는 그러지 못한다. 그가 아이를 사랑하지 않아서가 아니라 그에게 그런 생각을 할 능력이 없기 때문이다.

나는 작은 사람답게, '녹인 건 지금 먹어야 해.'라며 먹어버렸다.

거북이는 자기밖에 생각을 못하고, 그 자신조차도 잘 돌보지 못하는 사람이다. 이것도 어쩌면 병의 일부분이다. 분명 사랑한다고 하지만 사랑의 대상을 위해 그 무엇도 하지 않는다. 오랫동안 불행했지만 아이를 위해, 그리고 멀리 떨어진 곳의 엄마를 생각하면서 이혼이란 건 생각지 않았었다. 지금도 우리가 함께 부모만 될 수 있었어도 이혼은 없었을 거라 생각한다.

하지만 2013년, 일 문제까지 엎치고 덮쳐 일 년간 고생하다 몸도 정신도 다 닳아버렸다. 분명 좋은 소식을 듣고도 기쁨조차 느끼지 못하던 어느 날 이건 분명 번아웃 증상이라고 깨닫고 그에게 아무래도 내 건강이 나쁜 것 같다고 말했다. 하지만 그는 듣지 못한 것 같았다. 그러던 어느 토요일 아침, 아침 6시부터 아이를 돌보다 겨우 두 시간 만에 진이 빠졌다. 버거워서, 힘들어서, 어떻게 할 수 없어서 부엌 바닥에 앉아 울고 있는데 그가 나타났다. 그는 나를 한번 쳐다보지도 않고 냉장고에서 물을 꺼내갔다. 그때 생각했다. 이렇게 있다가는 죽겠구나.

무엇보다 나를 좌절시킨 것은 그 순간 난 거북이가 저녁에 무슨 말을 할지 이미 알고 있다는 것이었다. 미안해, 다음에 당신 아플 땐 꼭 돌봐줄게. 그 말이 진저리쳐지게 듣기 싫었다. 예전부터 알고 있었지만 알기를 미루고 있었던 것, 그다음이란 영원히 오지 않는다는 것을 그날은 부정할 수도 하고 싶지도 않았다.

마흔이 넘으니 삶에 대해 그전과는 다른 태도를 가지게 된다. 그냥 살아남는(survive) 게 아니라 살아가야겠다는(live). 정말 인생은 짧고, 빨리 지나가고, 어떤 때는 이게 다인가 싶다. 스무 살 때는 노력만 하면 내가 원하는 건 다 될

줄 알았는데, 그때 생각한 미래에 있는 지금 나는 내가 가진 능력이 어디까지인지도, 이변이 생기지 않는 한 내 생에 없을 일들도 알고 있다. 그래서 더 마음을 잡고, 내가 원하는 사람이 되려고 애쓴다. 이건 어떤 직업을 가지고, 무엇을 소유하는 차원의 문제가 아니다. 나 자신에게, 사랑하는 사람들에게 어떤 사람이고 싶은가, 어떻게 정직하고 싶은가, 나를 행복하게 하는 것은 무엇인가 묻고 그에 다가가려는 노력이다.

어쩌면 그래서 여전히 거북이한테 연민을 느끼게 된다. 그는 자신이 원하는 사람이지 못하다. 늘 옳은 것보다는 더 쉬운 것을 선택한다. 지금 자신 앞에 허락된 생활 속의 기적을 그냥 지나쳐가고 있다. 그리고 또 화가 난다. 그의 선택들이 지금의 그를 만들었다는 생각, 또 이런 그 때문에 선물이는 또 얼마나 아프게 될까 하는 생각. 내가 아무리 노력해도 아이 마음에 있는 아빠의 자리는 여전히 구멍으로 남아 있는 것을 알고 있다.

한번 녹은 도넛은 다시 얼릴 수 없다며 내가 도넛을 먹자 아이도 따라 먹어버린다. 아이가 몇 달 전에도 아빠 생일이 다가오자 케이크를 구워주자고 졸랐던 것이 떠오른다. 도 넛을 다 먹은 다음 말했다. '다음에는 아빠 것을 하나쯤 따 로 사서 주자.' 아이가 기쁘게 고개를 끄덕거린다. 어른보다 더 큰 마음의 아이야, 넌 정말 하나님이 엄마한테 준 선물이 구나. 엄마는 너한테서 많은 기쁨을 느끼고, 또 배운단다.

○ Everybody Knows

9월 첫 주의 공기가 다르다. '우리 택시 탔어요'란 메시지를 받고 시간을 계산해서 입구로 나가자 택시가 딱 맞추어 도착했다.

택시에서 내리는 손님은 네 명의 교수들이다. 캐나다 사람 가넷이 택시비를 내는 동안 호주에서 온 테리, 미리엄 그리고 남아프리카 공화국에서 온 셀다가 줄줄이 내렸다. 나를 보자마자 다들 팔을 벌려 인사를 했다. '어떻게 지냈니? 지금 어떠니?'

으레 하는 인사와 다를 바 없다. 하지만 지난번에 이 사람들을 만났을 때의 내 상태를 생각하면 이 질문은 그냥 인사가 아니다. 내가 '좋아요.'라고 대답하자 그들의 눈은 내 눈을 찾았다. 무엇을 보았는지 다들 안도하는 얼굴이 되었다. '다행이다, 정말 좋아 보여.' 가넷이 남았다. '어떻게 지냈어?' '좋아요. 지금 훨씬 더 나아요.' 가넷도 내 눈을 보더니 가만히 고개를 끄떡였다. 이렇게 다섯 사람이 모이면 사흘간의 프로그램 매니지먼트 커미티, 혹은 운영위원회가 시작된다.

여기서 프로그램이란 우리가 속한 네 대학이 함께 운영하는 국제 석사 과정이다. 나를 포함해 모두가 각 대학의 프로그램 디렉터다. 프로그램 운영차 일 년에 한 번씩 나라별로 돌아가며 회의를 열기 때문에 우리는 벌써 여러 해 매년 얼굴을 보고 있다. 올해는 린셰핑 차례다.

가넷을 처음 만났을 때 난 박사과정을 시작한지 일 년이 겨우 지났을 때였다. 그때는 이제 겨우 강의를 시작했으면서 스웨덴어도 아닌 영어로 강의해야 했고 게다가 나보다 나이 많은 학생들을 지도해야 했기에 무척 부담이 컸다. 마침 그해에 석사 과정 운영 회의가 스웨덴에서 열려 참가하게 되었다. 하루 종일 회의에 참가하며 주눅이 들었고 앞으로 해야 하는 일에 겁을 먹었다. 하지만 일과가 끝난 후 동료들과 어울리는 시간, 맥주를 마시며 가넷과 몇 마디 나누다 보면 그럼에도 해낼 수 있을 거란 생각이 들었다. 그는 그만큼 용기를 주는 사람이다.

이 석사 프로그램의 디렉터가 되기 전에는 다른 파트너 대학 동료들은 우리 대학에서 미팅을 하지 않으면 만나지 못했지만 가넷은 다른 일들로 비교적 자주 만날 수 있었다. 가까운 친구였던 라쉬 우베 교수님 장례식날 그는 캐나다에서부터 왔다. 단 한 번도 나를 아이 취급하거나 미숙한 동료 보듯 한 적이 없는 그이지만, 그날은 저녁을 먹고 잘 가라고 인사하다 어린아이한테 하듯 내 앞머리의 선을 따라 이마를 토닥였다.

내가 이 프로그램 디렉터를 맡게 되면서 우리는 일 년에 한 번은 보는 친구가 되었다. 타인의 말을 진심으로 들을 줄 아는 그 앞에서는 안심하고 속내를 털어놓을 수 있었다. 2013년 멜버른에서 미팅이 있기 전 유일하게 그에게만 이혼을 결심했음을 메일로 보냈고, 가끔 상황이 얼마나 나쁜지, 혹은 나아지고 있는지 소식을 전했다.

회의가 계속되는 며칠간 쉬는 시간이면 테리와, 셀다, 미리엄은 돌아가면서 지금 내가 어떻게 지내는지 물어보았고, 다들 엄마같이 다정한 목소리로 말했다. '몇 년 만에 얼굴이 밝아, 정말 다행이야.' 드디어 회의가 끝나고, 가넷이 점심을 대접해주었다. 인도음식을 먹으며 나는 천천히 작년 멜버른 회의를 다녀와서 있었던 일과 밴쿠버에 갔을 때 역시 상황은 변함이 없었다는 것, (그때 너 정말 피곤해 보였어.) 그리고 지난겨울과 이번 여름의 일을 말했다. 그에게는 아무 것도 설명하지 않아도 됐다.

가넷에게는 선물이에 대해서도 스스럼없이 이야기할 수 있다. 일 년 전 멜버른 회의에 참가하러 갔을 때 선물이는 자폐아 진단을 받은 직후였다. 그때 가넷은 나에게 조심스레 말했다. 거북이를 몇 번 만나보지는 못했지만, 내가 거북이와 함께 있을 때 굉장히 신경이 곤두서고 지쳐 보였고, 선물이는 예민한 아이라 그런 상황에 대한 반응의 하나로 언어가 늘어지는 게 아닐까 생각했다고. 쉽게 알고 있었다고 말하는 사람들 사이에서 그의 신중한 말은 깊고 따뜻했다.

며칠 전 프로그램 사람들과 다 같이 저녁을 먹을 때 선물이를 데려갔다. 가넷은 선물이에게 사진기를 주며 직접 사진을 찍어보라고 권하더니, 호기심 어린 눈을 반짝이는 선물이가 얼마나 밝고 다른 사람과 잘 소통하며 행복해보이는지 감탄했다. 오늘도 그는 마치 선물이의 할아버지라도 되는 것처럼 내가 들려주는 선물이의 작은 성취들을 다정하고 뿌듯한 미소를 지으며 들었다.

가넷의 아내가 좋아한다는 감초를 선물로 사고 우리는 카페를 찾았다. 자리에 앉자 나는 참지 못하고 또 말했다. '음, 그리고 좋은 소식이 하나 더 있어요.' 떠올리는 것만으로도 기쁨과 어쩔 줄 모르는 감정이 몸 안에서 거품처럼 일어 입가에 웃음으로 흘러나온다. 궁금해하는 가넷에게 S에 대해 말하자 그는 마치 그럴 줄 알았다는 듯 온 얼굴에 기쁨을 가득 담고 귀 기울였다. 헤어질 때 그는 올바른 선택을 해주어서 고맙다고 말했다.

이혼을 결심한 후, 처음에는 친한 친구들에게만 알렸고 그리고 한참 뒤에 동료들에게 말했다. 그때 내가 놀란 건 아무도 놀라지 않았다는 것이다. 친구들이야 어떤지 알았겠지만, 그다지 사생활 이야기를 하지 않는 동료들조차도 예상했다는 반응이었다.

누군가 내게 말했다. '선물이 아빠 이야기가 나오면 네 표정이 예전과 다르다는 걸 느꼈어. 점점 더 기쁨을 잃어가는 모습을 보았지. 나는 사실 네가 언제쯤 이렇게 웃음 없는 삶을 살지 않아도 된다는 걸 깨달을 건가 그런 생각을 한 적이 있어.' 다들 알고 있었다. 내가 불행하다는 걸. 나만 알고 싶어하지 않았다.

그리고 지금도 다들 알고 있다. 이유는 모른다 해도 알고 있다. 나는 지금 행복하다는 걸. 그리고 지금은 나도 알고 있다.

　지난 주말, 저녁을 먹고 함께 텔레비전을 보다가 장난으로 그의 발을 건드린다. 미소 짓는 그에게 말했다. '지금 참 아늑하죠?' '응, 좋아요.' 그의 대답은 거리낌 없는 행복한 긍정이다. 이렇게 단순한 순간이 왜 그렇게 얻기 힘들었던 건지. 아니 단순하다고 생각하는 순간들이, 별것 아닌 것처럼 지나가는 순간들이 얼마나 어렵게 얻어지는 건지 나는 이제 알고 있다.

　학교에서 아이를 데려오는 길에 아이가 갑자기 입안에 공기를 머금는다. 빵빵한 풍선 같은 얼굴로 뽀뽀를 하자고 한다. 뽀뽀를 하자 바람 빠지는 소리가 난다. 둘이 뭐가 좋은지 마구 웃는다. 선물아 우리 행복해.

너의 심장은 부서질 거야

o　　정원의 손님

　　지금 사는 아파트를 처음 보았을 때 이사 오겠다
고 확실하게 마음먹은 이유는 무엇보다 큰 정원이 딸려 있
기 때문이었다. 주변의 아파트 정원보다 두 배 정도 더 크고
배나무와 사과나무가 무성히 자라 가지를 뻗고 있었다. 아
이를 가진 지 다섯 달이 넘어 제법 부푼 배를 만지며 아이가
태어나면 정원에서 놀 수 있어서 좋겠다고 생각했다.

　　스웨덴 사람들은 어떤 면에서는 참 대단하다. 보통 사람
들이 모든 걸 다 직접 한다. 자기 집 창문도 고치고, 정원일
도 하고, 타이어도 바꾸고, 방 하나를 수리한다거나 간단한

베란다를 짓는다거나 하는 일까지 손수 한다. 나 역시 정원을 직접 손질해야 한다. 그런데 스웨덴인들에게는 일상인 이 일을 나는 배운 적이 없어 은근히 부담이 된다. 혼자가 되고 나서 처음에는 정원 관리를 한다는 건 머릿속에 있지도 않았다. 다행히 봄이 오기 전 친구 에밀리가 와서 울타리 덤불 나무를 손질하고, 죽은 가지들도 잘라주고 갔다.

부엌의 큰 창문으로 우리 집 정원을 보고 있으니 개나리 나무며 덩굴이 어우러져 울창한 구석에 새들이 와 앉았다. 정원 이곳저곳에는 몇 년 전 눈이 많이 왔던 겨울 죽은 나뭇가지들이 흉하게 삐져나와 있다. 가만히 보던 나는 갑자기 톱을 가지고 나갔다. 에밀리가 가르쳐준 대로 죽은 나무 가지에 톱질을 하자 생각보다 쉽게 잘려나간다. 이것도 잘라내고, 저것도 잘라내며 손에 닿는 대로 죽은 가지들을 없애고 나자 이번에는 큰 나무 밑에 얼마나 많은 새로운 나무들이 자라나고 있는지 보였다.

내 정원이 생기며 깨달은 것이 있다. 뿌린 대로 거두는 것만은 아니구나. 뿌리지도 않았는데 서양 단풍나무들이 무수히 자라나고 있었다. 쑥쑥 자라나는 나무들은 빨리 정리하지 않으면 어느새 걷잡을 수 없다. 이제 톱질도 잘하는데 남몰래 자리 잡은 어린 나무들도 없애야겠다. 또 다른 한 그루는 작년에 자랄 때는 무슨 나무인지 몰랐는데 여름에 꽃을 피워보니 딱총나무였다. 이것도 잔가지치기를 해야지.

이렇게 저렇게 손질하고 있는데 작년까지 전혀 보지 못했던 게 눈에 들어왔다. 울타리 바로 옆으로 장미나무가 자라나고 있었다. 1미터 조금 못 미치게 자라난 장미나무를 보니 궁금해진다. 다른 나무들은 바람이 주변에서 씨를 날려 왔지만, 너는 정말 어떻게 여기 오게 되었니? 장미가 자라나도록 그 위의 해를 가리는 가지들을 치워주어야겠다. 그 옆에서 마구 싹을 틔우고 있는 단풍나무들도 뽑아야겠구나.

어떻게 장미가 내 정원에 자리를 잡게 된 것인지, 아무리 생각해도 신기하다. 어린 왕자가 떠올랐다. 하루에 마흔세 번이나 해가 지는 걸 볼 정도로 외로웠던 그가, 어릴 때 뿌리를 뽑아버리지 않으면 별 전체를 잡아먹을 나무들을 캐는 일만 반복하던 그가 처음 장미를 보았을 때 어떤 마음이었을까. 누군가에게 필요한 존재가 되었을 때 느꼈을 그의 기쁨은 어떤 것이었을까.

우리 집에도 장미가 있다. 내가 모르는 사이 1미터씩이나 혼자 힘으로 자라났다. 주변 나무들에 치여서인지 옆으로는 자라나지 않고 길게만 자라났다. 이제 이 장미의 자리를 만들어주려고 한다. 올해는 꽃을 피우지 못했는데, 내년에는 꽃이 피려나? 스위트 브라이어 같아 보이는데 어쩌면 빨간 열매까지 맺게 될까?

○ '나는 죽고 싶은 게 아냐,
        단지 살기 싫은 것이지'

이 년 전의 일이다. 그때 이미 이유 모를 두통을 일 년 가까이 겪고 있었다. 검사할 수 있는 건 다 검사했건만 아무런 해답도 얻지 못했고, 약을 먹어도 나아지지 않았다. 그러던 어느 날 아침에 신문을 읽고 있는데 갑자기 읽을 수 없었다. 영문 모를 일이었다. 눈이 아주 안 보이는 것도 아닌데 왜 신문을 못 읽겠지? 진정하고 보니 내 시야의 30퍼센트 정도가 깨져 있다는 걸 알 수 있었다. 그러니까 눈으로 보는 세상을 텔레비전 화면이라고 치면, 70퍼센트는 고정되어 있는데 30퍼센트가 깨지고 흔들렸다. 그런 상태가 한 20분 정도 계속되었다. 머리가 깨질 듯이 아플 때도 크게 걱정하진 않았는데 이때는 진심으로 겁이 났다. 정말 뇌에 어떤 큰 병이라도 걸렸을지 모른다는 생각이 들자 선물이부터 바라보았다. 내가 죽게 되면 이 아이는 어떻게 되지? 곧 이런 생각이 뒤따랐다. 괜찮아, 하나님이 돌보아주실 거야. 내가 죽어도 걱정할 필요 없어. 조금 있다가 시야는 정상으로 돌아왔다.

며칠 지난 뒤 그 순간을 다시 생각해봤다. 하나님이 돌봐주실 테니까 내가 죽어도 괜찮다는 그 생각이 아주 정직하게 내 믿음의 무게가 아닌 것 같았다. 그만큼 나에게는 사는게 별로 중요하지 않았다. 오히려 의무처럼 여기고 있었다. 나는 별로 행복하지 않지만 아이가 있으니, 엄마한테 죄송하니, 사람이 다 가질 수는 없으니 변화시킬 수 있는 불행의 상태를 끝내지 않으면서, 살아야 해서 살고 있었다.

페이스북에서는 모두가 행복해 보여도 사람들은 별 볼일 없이 산다느니, 스웨덴 가구 중 부부관계 없이 사는 부부가 몇 퍼센트라느니 하는 신문기사를 읽으면서, 누구네 집에 어떤 문제가 있다는 소식을 들으면서, 나는 위안 아닌 위안을 받았다. '다들 이렇게 살아, 다 가질 순 없어.' 그런 생각으로 나 자신에게 솔직하지 않았고 나 자신을 돌보지도 않았다.

'하나님이 알아서 하시겠지.' 그 생각에 내가 느꼈던 건 안도감이었다. 내가 죽는다고 선물이 걱정을 하지 않아도 된다는 데 어떤 해방감을 느꼈다. 그걸 인정한 순간, 스웨덴의 한 윤리연구자가 쓴 책 제목이 떠올랐다. 《나는 죽고 싶지 않아요, 단지 살고 싶지 않은 거예요》. 그리고 내가 나 자신에게 말했던 것보다 더 불행하다는 걸 스스로 인정했다.

며칠 동안 이러면 어떡하지 저러면 어떡하지 걱정되는 일이 있다. 사실 걱정한다고 해결될 문제들도 아니고, 무엇보다 미리 고민해봐야 어떤 대안을 만들어놓을 수도 없는 일들이다. 이 와중에 그래도 나아졌다는 생각이 드는 건

'잘 해야지, 선물이랑 잘 살아야지.' 하는 생각이 모든 염려 가운데 있기 때문이다. 걱정은 그만둬야지. 그리고 잘 살겠어. 학교에 데려다주던 선물이의 손을 더 꼬옥 잡았다.

○   올바른 계산법

점심때쯤 에밀리에게 전화가 왔다. 조금 전에 이미 에밀리에게 거북이가 다시 아프다는 소식을 전했고, 오는 15일에 선물이를 잠깐 봐줄 수 있냐고 물어봤다. 원래 그날 선물이는 아빠한테 가 있을 거였고 그러면 그 즈음인 S의 생일을 챙기려고 했다. 하지만 선물이가 아빠한테 갈 수 없는 게 확실해졌다. 그래도 나는 다시 챙겨줄 수 없을지도 모르는 S의 이번 생일을 꼭 축하해주고 싶었다.

에밀리는 곧바로 같이 사는 울로프와 이야기를 해보더니 그러겠다고 했다. 고맙다며 끊었는데 전화가 다시 걸려온 것이다.

에밀리는 그날 아이를 얼마든지 봐줄 수 있다고 몇 번이나 말하더니 운을 뗐다. '내 생각에는 선물이 아빠가 선물이를 데리고 있는 건 앞으로도 꽤 힘들 것 같아.'

분명히 그럴 것 같았다.

'응, 그렇다면 말이야, 선물이를 가끔 아빠한테 가끔 맡긴다는 선택지가 사라지면 이제는 어떻게 해야 할까 생각해봤어. 내가 하고 싶은 말은 나랑 울로프는 우리에게 정말 특별한 사정이 있지 않은 이상 너를 도와줄 수 있다는 거야. 그러니까 우리를 꼭 염두에 두라고. 선물이는 돌보기 어려운 애도 아니고, 시리랑 같이 있으면 하나를 돌보나 둘을 돌보나 마찬가지야. 그러니까 뭐 친구들을 만난다든가, 데이트가 있거나, 쇼핑을 해야 하거나 (에밀리는 선물이가 쇼핑을 너무 힘들어한다는 걸 잘 안다.) 그냥 혼자 낮잠을 자고 싶거나, 아무튼 네 시간이 필요할 때 언제든지 말해. 우리 집에서 재워줄 수도 있어.'

그 말을 하려고 다시 전화해준 에밀리. 늘 고마운 에밀리. 언젠가 에밀리한테 저녁 먹으러 오라고 했더니 그랬다.

'울로프가 우리가 초대할 차례라고 하던데. 울로프는 우리는 둘이고 송이는 한 사람이니 우리가 두 번 초대하고 송이가 한 번 초대하는 게 맞는 계산이래.'

웃으면서 나 그런 계산에 관심 없다고 했지만 두고두고 잊지 못했다. 그처럼 담백하게 타인을 이해하고 배려하는 사람들이 있다.

지난번에 저녁을 먹을 때 누군가에게 실망한 이야기를 했더니 울로프가 말했다. '세상에는 말로만 하는 사람들이 있고 행동을 하는 사람들이 있지. 말로만 하는 사람인 게 느껴지면 끊으면 돼. 그리고 말과 행동이 일치하는 사람들만 간직하면 되는 거야. 그렇게 간단한 거야.'

울로프와 에밀리는 내게 바로 그런 사람들이다. 나 역시 그들에게 그런 사람이 되고 싶다. 어쩌면 좋은 관계란 정말 이만큼 간단하다. 그 마음이 제일 근본적이고 중요하다.

○   **조심스레,**
       마음 가는 대로

핸드폰에서 팝콘 튀는 소리가 난다. 순간 내 심장도 그 존재가 느껴질 정도로 살짝 더 뛰고, 입가에 숨길 수 없는 미소가 떠오른다. 핸드폰을 보기도 전에 누가 메시지를 보냈는지 알고 있다. 이 소리가 나는 앱을 통해 메시지를 보내는 건 S 뿐이니까. 메시지를 보기도 전에 어떤 내용인지도 알고 있다. 그래서 더 행복하다.

내가 가장 힘든 순간에 그를 만났다. 괴롭고 또 괴로웠던, 스웨덴 동지처럼 어두웠던 나날들을 나는 겨울이 되면 한국에 간다는 희망 하나로 간신히 버텼다. 다행히도 여러 번 환승하거나 오래 대기하지 않아도 될 것 같았다. 이곳 린셰핑에서 암스테르담으로 가서 두 시간 기다리면 한국에 가는 비행기 편이 있었다. 아이랑 함께 움직일 때 이동 시간을 줄이는 것은 참 중요하다.

출발하는 날, 린셰핑에서 암스테르담으로 가는 비행기의 비상문이 열리지 않았다. 이런 경우 비행 자체에는 문제가 없지만 사고가 날 경우를 대비해 승객을 줄여야 한다. 아흔 다섯 명의 승객 중 단 여든 명만이 이번 비행기를 탈 수 있다. 항공사는 처음에는 자발적으로 포기할 사람들을 기다리다가 결국 항공사의 임의 추첨 프로그램으로 제외할 인원을 고르기 시작했다. 이미 출발 예정 시각에서 한 시간이 지난 시점이었다.

암스테르담에서의 다음 비행기까지 여유가 두 시간밖에 없었던 나는 온몸의 피가 마르는 듯 했고 눈물을 멈출 수 없었다. 집에 가는 것마저도 이렇게 힘들다니. 이제 환승할 시간이 한 시간밖에 없다. 원래 한 시간만 있어도 열심히 뛰면 다음 비행기를 탈 수 있다. 타야 한다. 그런데 선물이에, 선물이 가방에, 내 가방까지. 이 모든 걸 들고 암스테르담 공항을 가로질러야 한다는 생각, 중간에 여권 검사에 짐 검사까지 거쳐야 한다는 생각이 드니 눈물이 마구 흘러나왔다. 그때 옆에 서 있던 낯선 이가 내 어깨에 손을 얹었다.

'잘 될 거예요. 항공사에서 다 알아서 도와줄 거예요, 울지 마세요.'

탑승 인원이 정해진 후에도 비행기 안의 무게중심을 맞추기 위해 조종사가 승객들을 일일이 배치하느라 승객 전원이 다음에 탈 비행기를 놓쳤다. 그러자 차라리 마음이 편했다. 비행기가 암스테르담에 도착하기 전에 이미 모든 승객의 새로운 환승 항공편이 확정되었다. 안내받은 대로 도착하자마자 안내 데스크에 갔고, 항공사에서 예약한 호텔로 가는 버스에서 다시 그 남자를 만났다.

순식간에 그에 대해 많은 것을 알게 되었다. 그의 이름, 그가 린셰핑의 우리 집에서 걸어서 5분 거리에 산다는 것,

그가 환승할 비행기는 사실 다른 항공사여서 보딩패스조차 없었다는 것, 그의 스웨덴 회사 계약 기간은 삼 년이라는 것까지. 호텔 엘리베이터 안에서 그가 물었다. '저녁 드실 건가요?' 벌써 밤 11시였다. '아니요, 자고 내일 아침 5시에 일어나야 해요. 린셰핑에서 볼까요?' 그가 명함을 건네주었다. '저는 명함이 없어요, 제가 메일 보낼게요.' 한마디를 마지막으로 엘리베이터에서 내렸다.

한국에서 휴가를 보내고 스웨덴으로 돌아오며 그가 다시 떠올랐다. 나를 다독였던 순간의 그는 보딩부터 다시 해야 하는, 나보다도 더 골치 아프고 급박한 상황이었다. 그런데 그는 전혀 화를 내지도, 흥분하지도 않았다. 나는 이런 상황이었다면 욕부터 했을 사람을 알고 있다. 그런데 처음 보는 이 남자는 낯선 사람이 우는 모습을 보고 더 피곤해하는 대신 위로했다. 그래서 메일을 보냈다.

'피카, 혹은 차 한잔 할래요?'

아직 서로가 낯설던 때 그는 대화 중간 뜬금없이 'Thank

you.'라고 말했다. 어리둥절해 물었다.

'무엇 때문에요?'

'모든 것이요.'

'하하, 아무것도 아닌 걸요.'

그는 이렇게 대답했다. '그렇지만, 따뜻해요.'

그 뒤 언젠가 그가 다시 갑자기 'Thank you.'라고 말했던 날, 무엇 때문인지 묻는 대신, '나도요.'라고 대답했다.

그는 나와는 달리 하나하나 말로 설명하거나 표현하지 않는다. 우리가 사용하는 언어가 외국어여서인지 그 사람의 성격 때문인지 알 수 없지만 그의 언어는 늘 간단하다. 화려한 수사, 긴 문장은 없다. '나는 당신과 함께 있어 행복합니다.' 그가 내게 하는 감정 표현의 전부다. 그렇지만 그의 단순한 문장들에는 늘 어떤 힘이 있다.

어느 날 시내에서 점심을 먹고 함께 걷다 내가 초밥을 굉장히 좋아한다고 하자 그가 다음에는 일식당에서 점심을 먹자고 했다. 그 순간 정말 오래간만에 그다음이 진짜 올 거란 믿음이, 우리 둘이 그다음을 만들 거란 확신이 들었다. 그는 남이 듣기 원하는 말을 하는 사람이 아니라 자신이 할 수 있는 말을 하는 사람이다.

우리 관계가 지금의 모습이 되기 전에 그는 말했다. '지금 내가 생각하는 건 내가 원하냐, 아니냐가 아닙니다. 내가 원한다는 것은 분명하거든요. 내가 고민하는 건 과연 당신에게 옳은 일인가예요.'

내가 만난 그 어떤 남자들보다, 그리고 나보다도 어린 그는 그 누구보다 어른이다.

우리가 어떻게 될지 아무도 알 수 없다. 그렇지만 내가 본 그는 습관적으로 올바르고 정직한 결정을 내리려 애쓰는 사람이며, 나에게 가볍게 상처 주지 않을 것이라고 믿는다. 다른 이들이 만든 상처가 일으킨 두려움이 내 마음을 사로잡으려 할 때, 그 믿음대로 그를 대하려고 노력한다. 지난 경험으로 사람이 다른 사람을 안다고 느끼는 것이 때로 얼마나 허망한지, 얼마나 큰 상처로 남을 수 있는지 잘 안다.

그러나 그가 나에게 상처 입힐 수 없을 정도로만 그를 좋아
한다는 것은 적어도 나에게는 불가능한 것 같다. 좋아하는
마음에는 무게가 있고, 무게가 있는 관계는 기쁨을 주는 만
큼 상처도 줄 수 있다. 바보 같은 짓인지 모르겠지만, 보장
된 평온과 불확실한 기쁨 사이에서 난 조심스레 내 마음이
가는 대로 놓아두고 있다.

메시지 알림이 뜬다.

'나 이제 스웨덴이에요. 지금 기차 탔습니다. 피곤해요.
당신은 어때요?'

○　살인달팽이의 위협

　　스웨덴 여름 모든 사람들의 골칫거리는 먼저 비, 그다음으로 민달팽이다. 민달팽이라고 해도 한국 민달팽이와는 아주 다르기 때문에, 껍질 없는 달팽이라고 하겠다. 스웨덴어로는 머다르스니겔(mördarsnigel)이라고 하는데 그대로 직역하면 살인달팽이다. 스페인 숲 달팽이라는 귀여운 이름이 있지만, 엄청난 번식력과 식욕으로 스웨덴 사람들이 봄여름 내내 열심히 가꾸어놓은 정원의 채소나 꽃을 처참하게 먹어 치우고, 더군다나 종족끼리 잡아먹어 이런 별명으로 불린다. 게다가 거무죽죽한 갈색의 번들거리는 몸집은 달팽이라기에는 거슬릴 정도로 큼직하다. 한마디로 징그럽다. 교환학생으로 왔던 어떤 친구가 한 말이 이 달팽이들이 얼마나 많고 또 어떤 모습인지 익히 짐작하게 해준다. '언니, 전 어머, 이 나라 길거리에는 웬 개똥이 이렇게 많아 했다니까요!'

오늘 아침에 비 오는 정원에 나가보니 우리 집 정원에도 드디어 나타나고야 말았다! 그동안 이 달팽이의 천적인 고슴도치가 정원에 들락날락해서 그런지 못 봤었는데 올해는 고슴도치가 안 보이더니 묵직한 놈 두 마리가 느긋이 우리 집 딸기밭을 향해 나아가고 있었다.

이 살인달팽이를 죽이는 방법은 가위로 머리를 자르는 것이다. 미끌미끌한 몸뚱이의 머리 부분을 싹둑 잘라주어야만 확실히 죽는다. 나도 정원 가위를 들어야 하나 보다. 이 달팽이들의 침략이 시작되면 사람들은 아침 한 시간 저녁 한 시간을 꼬박 달팽이 죽이기에 몰두해야 겨우 정원을 지킬 수 있다.

살인달팽이를 보면 떠오르는 에피소드가 있다. 내 친구 산나는 핀란드 사람인데, 남편은 영국인이고 산나도 스코틀랜드에서 유학을 했다. 둘이 결혼한 첫해 집 정원에 득시글거리는 민달팽이들을 본 산나는 남편한테 죽여달라고 했다. 그런데 남편은 웅 해놓고는 그냥 출근해버렸다. 한참 신경질내면서 민달팽이들을 죽이고 있는데 영국에서 산나의 시어머니가 전화를 걸어왔다. 뭐하고 지내냐는 시어머니의 물음에 산나는 잔뜩 스트레스 받은 목소리로 대답했다.

"아 정원에 민달팽이(slug)들이 우글거려요. 얼마나 징그러운지 몰라요! 아주 떼로 있어요. 죽여야 하는데. 데이빗은 그냥 가버렸어요. 이건 데이빗의 민달팽이라고요!"

"데이빗의 뭐라고?"

"데이빗의 민달팽이요!"

산나의 시어머니는 잠시 어쩔 줄 몰랐다.

"애야, 무슨 말을 하는지 모르겠다."

그러더니 갑자기 한참 숨가쁘게 웃기 시작하셨다.

"아아, 슬러그(slug) 말이구나."

영문을 몰랐던 산나가 물었다. "네, 슬러그요, 제가 뭐라고 했는데요?"

"넌 슬럿(slut, 창녀나 품행이 문란한 여성을 일컫는 속어)이라고 그랬어."

어머니는 겨우 그 말을 하고 다시 웃음을 터트리셨다고 한다.

살인달팽이, 이렇게 발음마저 위험한 동물이다. 살인달팽이야, 우리 집에는 먹을 것도 별로 없다. 남들이 재배하는 아삭한 상추도 달달한 시금치도 없어. 제발 그냥 지나가렴, 여유 부리며, 느릿하게, 그렇게.

ㅇ   내 소파가 아니야

그러니까 지난 수요일쯤, 오는 일요일에 인상이 참 선한 사람과 데이트를, 그것도 집에서 다과를 할 거라는 걸 기억해냈다. 그 순간, 내 머릿속에 떠오른 첫 번째 생각은 내가 끔찍하게 낡고 보기 싫은 소파를 가지고 있고, 이 소파를 그에게 보여주기 싫다는 것이었다.

나는 이 소파를 단 한 번도 마음에 들어한 적이 없다. 우리 집에 있던 모든 가구들이 그러하듯 이것을 고른 사람은 거북이였다. 벌써 육 년 전에 이사를 하면서 소파를 바꾸려고 했는데 아이를 기다리고 있던 때라, 갓난아기와 새 소파는 아니란 생각에 포기했다. 비로소 마음먹고 몇 주 전부터 인터넷으로 소파를 구경하고 가게도 찾아가보고 있다. 사실 소파만 바꾸려고 하는 게 아니다. 그릇은 다 바꾸어버렸다. 우리 집 그릇은 모두 이케아에서 제일 싼 그릇이었다. 그동안 나는 내가 마시지 않을 비싼 와인을 사느라 예쁜 그릇을 살 경제적 여유란 게 없었다.

그럼에도 그 순간 내가 느낀 강렬하고 진정한 그 싫음에는 어떤 물건이 싫다는 것 이상의 무언가가 있었다. 스스로도 조금 우습게 느껴졌다. 겨우 소파다. 그렇다고 더 좋은 소파를 가지고 있으면 더 나은 기회(?)가 있을 거라고 생각하는 것도 아니었는데. 나를 알지 못하는 누군가가 이 소파가 나한테 속한다고 생각하는 게 너무 싫었다. 이것도 참 이상하다. 여태까지 친구들을 집에 부를 때 이런 낡고 거기다가 예쁘지도 않은 싸구려 소파여서 창피하다는 생각을 한 적이 없는데, 그러면 내가 내 친구들보다 전혀 모르는 다른 누군가를 더 신경 쓴다는 건가?

좀 더 고민해보니 무엇이 달라진 건지 알 수 있었다. 거북이와 사는 동안에는 나는 이 모든 물건이 그냥 거북이 것이라고 여겼다. 그래 이 소파는 내 소유지. 그런데 이건 내 것은 아니야, 거북이 거야. 나와는 상관없는 물건들이야.

언젠가 친구가 나를 보고 이렇게 말했다. 넌 참 괴상한 재능을 가지고 있어. 네 물건이 아닌 것들 사이에서, 네 집이 아닌 장소에서 굉장히 익숙하고 편안해 보이는 그런 재능. 어쩌면 그건 내가 늘 내 물건이 아닌 것들을 가지고 내 집이 아닌 장소에서 살았기 때문이 아닐까? 나에게 잠잘 곳은 있었지만 집은 없었다. 나는 한 사람과 함께해 완성되는 집도, 내가 좋아하는 물건들을 모으고 조합해 안락한 집도 만들지 못했다. 그렇게 오랫동안 여기서 살았건만 이 모든 것이 기능이었지, 의미는 없었다.

작년에 거북이가 이사를 나가면서 집에 있던 국자를 가져갔다. 그 후 국자 대신 작은 플라스틱으로 된 데시리터기를 사용해 국을 떠먹었다. 친구를 불러서도 그랬다. 국자 하나 사는 게 뭐가 어렵다고. 그런데 그때는 그런 것에 신경을 쓸 기운이 없었다.

적어도 지금은 나와 이 물건들 사이의 거리감을 인식할 수 있다. 내 집을 만들고 싶다는 의지와 할 기력도 있다.

더 늦기 전에 선물이와 나의 집을 만들어야지.

○　　**아픈 어른, 큰 아이**

　　들어가는 순간부터 머리로 알던 것을 몸으로도 알
게 된다. 이곳은 어린아이가 있을 곳은 아니다. 아이도 아빠
를 본다고 팔짝팔짝 뛰면서 왔건만 막상 그곳에서 아빠를
보자 어색하게 웃는다. 아빠가 반가움에 아이의 손을 잡으
며 묻는다. '아빠 침대에 올래?' 얌전히 침대에 올라앉는 아
이의 몸은 경직된다. 그걸 나는 보고 있고 느끼고 있다. 그
럼에도 내가 '이제 가자.'라고 하기 전까지 아이는 가자고
보채지도 않고, 여기 있기 싫다고 말하지도 않는다.

　아빠한테 밝은 목소리로 안녕 하고는 엘리베이터를 타고

내려와 건물 문을 열기 전, 아이가 운다. 왜 우는지 묻는 대신 그냥 안아주며 말했다. '엄마가 이해해.' 속상한 마음으로 가득 차서 문을 열고 나갔다.

손을 잡고 걸으며 물었다. 선물이 슬프니. 아이는 작지만 또렷한 목소리로 답한다. '응.' '아빠는 아파서 여기 있어, 아빠 낫게 해달라고 기도하자.' '응.' 조금 더 걷다가, '아빠 생일 때 케이크 사 가지고 올까?' 했더니 눈을 더 동그랗게 뜨고 '응!' 한다. 아빠 선물도 사자고 했더니 선물하기를 너무 좋아하는 아이가 팔짝팔짝 뛴다. '응!'

아이가 건물을 나오면서 울었다고 했더니 '왜?'라고 묻는 선물이 아빠와 통화하며 생각했다. 정말 아픈 건 당신이고 아이가 어른이구나, 아이들은 부모보다 더 어른일 필요는 없는데.

○　　　너의 심장은
　　　부서질 거야

　　　타코츠보(takotsubo)라는 병이 있단다. 이 병은 브로큰 하트 신드롬(broken heart syndrome)이라고도 불리는데 이별이나 강한 불안같이 감정적인 스트레스를 받은 사람들이 흔히 겪기 때문에 붙은 별칭이다. 환자가 느끼는 증상은 심장마비와 같다. 그런데 심장마비와는 달리 관상동맥에는 아무 문제가 없단다. 대신 좌심방이 부어올라 몸에 피를 공급할 수 없다. 사망률은 심부전증과 비슷하다고 한다.

　　　S가 그리스로 출장을 떠나기 전 어느 날, 순간 깨달았다.

아 그는 정말 떠날 수 있구나. 아마도 시간 문제일 것이다. 그는 근심이 담긴 목소리로 말했다. '나는 당신을 아프게 하지 않을 거예요.' 그는 자신에게 정직하고자 하는 사람이다. 이런 사람은 남을 해치는 거짓된 행동을 쉽게 하지 않는다. '응 알고 있어요.'라고 답하면서 생각했다. 당신은 나를 거짓으로 상처 주지 않겠지만, 당신이 떠날 때 나는 무척 슬플 거예요. 상처를 받지 않았다 해서 아프지 않은 건 아니죠. 그 생각은 내 마음속에만 있다.

소피아는 나를 걱정한다. 만약에 6월에 그가 떠난다면 어떻게 할 거야? 12월이라면? 결국 계속 있을 수 없게 된다면, 그래도 함께할 거니? 두 사람의 마음이 갈수록 깊어가잖아. 아플 게 뻔히 보이는데. 아니, 지금 헤어지는 것보다 더 아프게 될지도 모르는데.

나는 내 마음을 표현할 말을 찾지 못하고 그 질문을 머금고 있었다. 며칠 후 마데 교수님과 점심을 먹으며 그 질문이 다시 떠올랐고, 비로소 내가 하고 싶었던 말이 무엇인지 알았다.

나이를 먹고, 이혼을 하면서 삶이 교과서 같지 않다는 것을 배웠다. 어릴 때 부모에게 사랑받고, 자라서 학교에 가면 공부를 열심히 하고, 대학에 가고, 성실히 일하면 그에 맞는 대가를 받고, 내가 정직하고 다정하면 나 역시 그런 사람들과 함께하는 것. 세상이 그만큼 단순하다고 생각했다. 노력한 만큼 행복하게 사는 것이 시간이 지나면 나이를 먹는 것만큼이나 자연스러운 일이라 믿었다. 하지만 그렇지 않았다. 부모의 사랑조차 자연의 진리가 아니었다.

사랑이 버스처럼 지나가면 또 온다는 건 그냥 하는 말이다. 이 사람이 가면 언제 또 이 마음을 느낄 수 있을까. 나는 이 사람을 만나고서 여러 가지를 처음으로 경험했다. 스톡홀름에 출장 일정이 있다는 걸 알게 된 그는 내게 언제 다녀오느냐고 물었다. 혹시 금요일이 끼어 있으면 그때 스톡홀름에서 만나자고 하려는 걸까 궁금해 물었다. '아, 그럴 수도 있죠. 그런데 내가 물어본 건 당신이 스톡홀름에서 돌아오는 날 저녁을 지으려는 거예요. 저녁 만들어줄게요.' 지금까지 누구도 내게 이렇게 해준 적이 없었기에 놀라고도 기뻐하자 그는 오히려 조금 당황했다. '이거 별거 아니에요. 당신은 늘 내게 이렇게 해주잖아요.'

S는 나를 늘 보고 있었다. 내가 마음을 어떻게 표현하는지, 배려하는지, 알고 있었다. 그리고 그걸 돌려주려고 했다. 이런 마음이, 이런 사람이 얼마나 특별한지 나는 지금까지의 내 삶을 다 들여서 깨달았다.

사랑하는 사람과 사별한 마데 교수님은 이런 마음을 알아주었다.

'너도 나랑 같은 결론을 내렸구나. 라쉬 우베가 가고 나서 왜 우리에게 이십 년이 더 주어지지 않았나 슬퍼했지만 어느 날 깨달았지. 내게는 그와 함께한 십오 년이 있어. 이건 아무도 나한테서 빼앗아갈 수 없는 거야. 그리고 이런 경험을 단 한 번도 못하는 사람들도 있다는 걸.'

긴 시간 곁에서 봤던 두 사람의 모습을 떠올린다. 두 분은 서로의 짝이었다.

'지금 헤어지든 나중에 헤어지든, 너의 심장은 부서질 거야, 그러니 함께할 수 있는 한 함께하렴.'

'네, 저도 그렇게 생각해요 지금 이 순간이 진실인 한, 함께하려고요.'

심장마비와는 달리 타코츠보를 앓은 심장은 완전히 돌아온다. 심장마비는 근육을 죽이지만 타코츠보는 그렇지 않단다.

스톡홀름에 도착했다는 메시지가 왔다. 저녁 메뉴로 오븐에 구운 감자와 오리 가슴살 구이에 아스파라거스, 베이컨, 붉은 양파와 버섯 볶음을 곁들였다. 또 매운맛이 나는 블루베리 소스를 준비하고, 그가 맛있게 먹었던 아몬드 케이크를 구웠다.

그는 지금 나에게 오고 있다.

○　　많이 행복하다

하나,

　작년 여름에 선물이는 갑작스러운 알레르기 반응으로 고생을 했다. 온몸에 무언가가 두드러기 나듯 올라와서 간지럽다고 하는데 원인이 뭔지, 병원에서 여러 번 검사를 해도 알 수가 없었다. 결국 의사는 원래 알레르기 환자들은 자신이 무슨 물질에 반응하는지 모르는 경우가 많다며, 반응이 일어나면 약을 먹는 수밖에 없다고 했다. 이번 여름이 다가올 때 또 작년처럼 아이가 고생할까 걱정했는데 아무 문제 없이 지나갔다. 그리고 보니 유독 잔혹했던 작년에 나도 느닷없이 헤이즐넛에 알레르기 반응을 일으켜 기도가 막혔다. 아이도 그만큼 힘들었구나.

작년 이맘때 선물이와 나는 아침마다 싸웠다. 아침도 안 먹겠다, 유치원도 안 가겠다, 다 안 한다고 하는 아이를 붙들고 옷을 입히고 싸우다 이기면 입에 빵 조각을 넣어주고, 지면 그래 먹지 마 하며 출근했다. 요새는 웃으면서 밥을 먹고 잘 먹었습니다, 인사하는 아이에게 싱크대에 접시를 가져다 놓으라고 말하며 아침을 마무리한다. 목소리를 높일 일은 없다. 우리 아침 먹는 걸 스카이프로 보는 친구가 말한다. '다행이야.' 그래, 다행이다.

조그만 일에도 까르르 웃는 아이. 며칠 전에는 떡볶이를 먹어보더니 '엄마 불났어, 여기 불 난 것처럼 매워.'라고 외치는 아이. 말문이 터지기 전에도 얼마나 마음이 넓고 큰지 보여주었던 아이. 이렇게 사랑스러운 아이가 나의 아이라니.

둘

지난 토요일, 스웨덴 사람들은 다 알고 있었다. 오늘이 마지막 화려한 여름날이라는 걸. S와 함께 내가 얼마 전에 발견한 린셰핑 시를 가로지르는 개울 옆 카페에 갔다. 여름 초입에 이곳을 알게 되었을 때 그는 이미 형을 만나러 미국에 가 있었다. 당신이 돌아오면 여름이 가기 전에 꼭 같이 가고 싶은 카페가 생겼어요. 문자랑 사진을 보냈지만 사진으로 이곳이 얼마나 아늑하고 아름다운지 담을 수 없었다.

카페는 1800년대에 지어진 작은 오두막으로 아름다운 정원이 딸려 있다. 들어서자마자 S는 감탄했다. '와, 좋은데요.' '그렇죠? 오늘이 이런 날씨의 마지막일 테니까 여기 오고 싶었어요.' 살짝 그의 손을 잡았다. 나만 그런 생각을 한게 아니어서 오두막 안은 붐볐다. 나가서 자리를 잡을지 묻는 그한테 뭘 마시겠냐고 했더니 물이면 된단다.

커피, 물과 블루베리 파이를 받쳐 들고 나오니 드넓은 정원의 커다란 배나무 아래 벤치에 그가 앉아 있다. 내 손에 들린 쟁반을 보더니 가서 숟가락을 하나 더 가져오겠다며 일어났다. 숟가락이 두 개 겹쳐져 있는 걸 못 본 모양이었다. 말없이 보여주면서 나지막하게 말했다. '나도 생각이 있는 사람인데….' 그러자 S는 뭐가 재미있다고 크게 웃었다. 내가 커피를 한 모금 마시는 동안 그는 파이에 바닐라 소스를 얹어 한 숟가락 떠서 내 입에 가져다댔다.

지지난 주에 에밀리와 S 이야기를 하는데 시리가 끼어들어 물었다. 누구 이야기해요? 에밀리가 대답했다. 응, 송이 남자친구. 숟가락 뒤로 웃는 그의 얼굴을 보며 생각했다. 아, 이 사람이 정말 내 남자친구이구나.

노부부 한 쌍, 팔에 깁스를 한 긴 머리 여성을 중심으로 앉아 큰 사진기로 돌아가면서 사진을 찍는 친구 한 무리, 어린 소녀와 엄마, 데이트 중인 여러 커플… 다양한 사람들이 화창한 오후를 함께 보내고 있었다. 그의 어깨에 머리를 기대고 앉아, 마네의 피크닉 그림 같은 정원에서 커피 마시는 사람들을 보고 있자니 얼굴 위로 떨어지는 배나무의 그늘마저 초록빛으로 다가왔다.

셋

이렇게 힘든 일이 지나면 누가 진실한 친구인지 누가 아닌지 알 수 있다. 거짓된 모습에 괴로워했던 나날들. 다시 생각하면 지금 나는 덕분에 누가 나의 친구인지 알고 있다. 울면서 보내던 그 시간을 같이 견뎌준 사람들이 있다. 가족도 아닌데 나와 선물이를 소중히 여긴 사람들. 나에게 소중한 사람들. 내가 믿을 수 있는 사람들. 나는 그들이 누구인지 알고 있다.

넷

난 뛰어난 사람은 아니다. 그래도 모든 주어진 일들을 해나가고 있다. 참 감사하다. 지난주에 우리 연구 세미나에 작성 중인 논문을 가져왔던 박사과정 학생 중 한 사람이 내가 지적해준 것이 자신한테 굉장한 도움이 되었다고 말했다. 별말을 다 한다고 웃는데 그는 진지한 얼굴로 다시 말했다. '아니 정말, 뭔지 모르게 명쾌하지 않던 부분이 있었는데 당신이 지적해주니까 아, 그게 뭐구나 하고 볼 수 있었다니까요.' 다행이다. 기쁘다.

완벽하지는 않다. 그리고 어느 순간 작은 일, 큰일로 나는 또 울지 모른다. 나는 약한 사람이라 마음을 잃지 않기 위해 노력해야 한다.

영화로도 나왔던 소설 〈디 아워스〉에서 클라리사는 아름다웠던 어느 날을 회상하면서 이런 말을 한다.

"그때 아 이게 행복의 시작이야, 라고 생각했는데, 그건 시작이 아니었어. 행복이었어. 순간이었다고."

나는 지금 그 순간에 있다. 행복하다.

○　이미 알고 있다

　　스웨덴에서 여름이란 몇 달이 될 수도 있지만 며칠
이 될 수도 있다. 이번 주가 덥다고 해서 다음 주도 날씨가
좋다는 보장은 없기에 그날그날의 좋은 날씨를 포착해 누
릴 줄 알아야 한다. 낮 기온이 24도까지 올라가던 어느 날
우리는 저녁에 바비큐를 해 먹자고 즉흥적으로 결정했다.
따갑던 햇살은 조금 누그러졌지만 9시가 넘도록 환한 푸른
여름 저녁, 선선한 바람을 맞으며 바비큐를 준비했다. 우리
는 아무 말 없이 숯불 위의 닭고기와 새우, 파프리카를 노려
보았다. 마치 그러면 더 빨리 익을 것처럼. 침묵이 길어지

자 그가 먼저 말을 꺼냈다. '내가 지금 가지고 있는 전화번호는 여기 회사 거예요, 그러니까 타이완에 가면 안 쓸 거예요.' 당연한 소리를 한다고 생각하는데 다시, '그러니까 메일로 이야기해요. 메일로 보내야 내가 답할 수 있어요.'라고 또 당연한 말을 했다. 그가 굳이 지당한 소리를 하는 건 나를 바보라고 생각해서가 아니다. 그건 그가 세심하게 생각하고, 내가 그렇듯 잊지 않기 위해 노력하는 사람이기 때문이다.

매번 '안녕히'라는 말 뒤에 '메시지 보내요' 하며 서로 인사했는데, 이제 메시지는 보낼 수 없는 날들이 온다. 그는 떠난다.

그는 지난 1월 타이완에 다녀온 후 회사에서 계획을 바꾸려는 기미를 느꼈지만, 그럼에도 계속 아파트를 알아보고 남아 있을 준비를 했다. 하지만 4월 출장을 다녀온 후 확실해졌다. 그는 돌아가야 했다. 그의 검은 셔츠를 온갖 색깔로 물들이면서 울었던 나. 내가 밥을 못 먹던 날들을 지나 보내고 날짜가 확정되자 이번에는 그가 밥을 먹지 못하는 나날이 이어졌다. 서로 아무 말 없이 기대고 앉아 기쁨의 순간을 나누었던 우리는 슬픔의 시간에도 그렇게 함께했다.

그때, 슬픔의 한가운데 있을 때 나는 이미 알고 있었다. 지금 느끼는 슬픔과 괴로움보다 사랑과 기쁨이 더 크고 오래갈 것이라는 걸. 우리가 가장 약했던 순간, 헛말을 하지 않는 그가 말했다. '나, 당신한테 돌아올까요?' 그에게 조르지 않기로 다짐했던 내가 말했다. '응, 돌아와요.'

최후통첩에 응하는 것이 사랑의 증거라고 생각해본 적 없다. 그가 간다고 해서, 내가 여기 남아 있는다고 해서, 우리 사이에 있었던 시간이 가짜가 되는 건 아니다. 우리는 내가 당신을 행복하게 해줄 테니 나를 선택하라고 말하기에는 너무 어른이 되어버렸다.

완벽한 여름날이었다. 놀이터에서 그네 타는 아이들의 웃음소리를 뒤로 하고 잘 구워진 바비큐로 저녁을 먹으며 그와 함께 있을 때면 얼마나 편안했는지 생각했다. 함께 있을 때 느꼈던 온전한 균형감. 그와 있는 시간은 늘 아늑했고, 모든 것이 쉬웠다. 행복했다. 어느새 눈물이 고인 나를 그가 토닥였다. '슬퍼 말아요, 우리는 또 볼 거예요.' 나도 고개를 끄덕였다. '네, 그럴 거예요.' 잠시의 침묵 후 나는 다시 말했다. '그렇지만 지금과는 다를 거예요.' 나를 바라보던 그는 담담히 수긍했다. '네, 그때는 다를 거예요.'

나는 정말 너를 잃는구나. 그의 눈을 볼 때 생각한다. 어찌 생각하면 나는 (아빠를 제외하고는) 누군가를 잃은 적은 없다. 잃어서 울어본 적은 없다. 속은 게 억울해서, 힘들어서, 나의 젊은 날들이 아쉬워서 울었지, 소중한 것을 잃어서 울지는 않았다. 끝까지 진실했던 너를 잃는구나. 나는 지금 지나간 날들과 같았을, 너와 함께할 미래를 잃어버려서 우는구나. 이건 위안이면서 동시에 그래서 더 아프다.

곧 다가오는 우리의 마지막 날, 우리는 함께 케이크를 굽기로 했다. 내가 만드는 케이크 중 그가 제일 좋아하는 케이크다. 너무나 간단해 언젠가 가르쳐주고 싶었다. 그날이 지나고, 더 이상 안부 메시지를 보낼 수 없는 첫날 어떤 기분으로 일어나게 될까?

　나의 아름다운 주말이자 평안한 평일 저녁이었던 사람이 정말 간다. 하고 싶은 말이 많은 것 같지만 이미 했던 말의 변주곡일 뿐이다. 내가 이전에 한 말을 더 그럴듯하게 한다고 해서 그가 지금 모르고 있는 걸 깨닫게 되는 건 아니다. 그는 이미 다 알고 있고 느끼고 있다. 그럼에도 반복해서 말한다. 사랑해, 행복해.

○ 타인의 진심

마데 교수님은 나의 부지도교수님이었고 또 동료였다. 교수님이 의학과 보건 대학으로 적을 옮긴 후 예전처럼 매일 보는 사이는 아니지만, 지난 몇 년간 닮은 아픔을 겪으며 서로를 친구라고 부르게 되었다. 본 지 꽤 되었다 싶으면 마데에게 메시지가 온다. '점심 먹을래?' 혹은 내가 먼저 연락하면, '그렇지 않아도 네 생각이 났는데!'라고 답이 오기도 한다. 그러니 우리는 서로를 마음에 둔 사이라 할 수 있겠다.

어떤 사람을 만나 이야기할 때는 늘 패턴이 있다. 그 사람과 내가 공유하고 있는 이야기, 관심사, 지난번 했던 이야기가 연이어지는 식이다. 마데를 만나면 서로의 일 이야기(어쩔 수가 없다. 최근 논문은 출판됐는지부터 묻게 되니까)에서 시작해 선물이 이야기, 그녀의 딸 이야기 등이 화제다. 마데는 내가 S 이야기를 한 뒤로는 꼭 요즘 우리가 어떻게 지내는가도 물어보고는 연신 다행이라며 기뻐한다. 혼자된 지 사년이 넘었고 누군가를 만나려 노력 중인 그녀의 데이트 수난기도 반드시 나온다. 떠난 지 얼마 안 된 아내 생각에 데이트 도중에 울었던 남자, 피크닉 준비를 했다길래 갔더니 슈퍼마켓에서 산 냉동 미트볼 한 봉지를 가지고 와서는 해가 나는 곳에 따뜻하게 데우라고 말하던 남자(그 냄새라니!), 즐겁게 데이트를 했지만 마무리로 와인을 마시러 가서는 원샷을 하던 남자. 마데는 마치 이 이야기들이 그녀가 주연한 희극인 양 들려주고 나는 때로는 깔깔 웃고 또 때로는 미간을 찌푸리며 듣는다.

'너희가 그렇게 좋은 데이트를 한 그날 나도 참 간만에 즐거운 데이트를 했거든. 점심 먹고 차 마시고 콘서트 가고 와인까지. 오래간만에 흠 잘하면 뭔가 이어질 수도 있겠다는 생각이 들 정도로. 그런데 헤어지고 나서 연락이 없는 거야. 내가 메시지를 보내니까 바쁘다고 하던데 며칠 전에 봤더니 바쁘긴? 데이트 사이트에 들어와 있더라고. 그런데 뭐 나한테 연락을 했겠니? 왜 그냥 정직하게 나는 그런 감정이 안 든다는 말을 못하는지. 왜 쓸데없는 거짓말을 하는 건지. 프로필을 거른다고 거르는데 왜 이런 사람들이 나올까?'

마데의 푸념을 받았다. '그런데 사실 프로필 같은 거 읽으면 다 완벽하잖아요. 다들 나는 착하고 따뜻하고 좋은 친구이며 정직하다고 말하지, 사실 나는 작은 일에 굉장히 짜증을 많이 내고 고집이 세고 외모 많이 따지고 뭐 이런 건 안 쓰잖아요?' 마데는 네 말이 맞다며 까르르 웃었다.

데이트란 오디션이라고 누군가 말했지. 알고 지내다가 좋아하게 된 사이가 아니라 이렇게 좋아할 대상을 찾는 사이트를 통한 만남은 좀 다른 것 같다. 우리 모두는 우리를 보통 사람으로 만드는 결함을 갖고 있다. 하지만 일단 누군 가를 좋아하게 되면, 그런 결함은 지독히 신경을 건드릴지 몰라도 좋아하는 감정을 방해할 수 없다. 그런데 이런 만남 에서는 결함은 있을 자리가 없는 것 같다. 만약 내가 데이트 사이트에 나를 소개한다면, 사실 나는 청소하는 걸 무척 싫 어하고, 문화생활에 있어 스놉(snob)에 가까우며, 뭔가 불안 하면 안달복달하는 경향이 있다는 말 같은 건 쓰지 않을 것 이다.

그런데 정작 나는 상대가 완전무결한 사람이어야만 좋 아할 수 있다고 생각지 않는다. 나는 남의 진실된, 어찌 보 면 부족한 모습을 사랑할 수 있다고 믿으면서 나 스스로 꾸 미고 가려야 사랑받을 수 있다고 생각하다니, 이건 무슨 자 기 비하와 자만이 섞인 생각인지. 마찬가지로 상대방을 향 해 한 모든 말은 나의 진심이라면서, 그가 나에게 하는 말은 반쯤은 으레 하는 듣기 좋은 소리 취급한다. 내가 누군가에 게 네가 아플 때 내가 돌봐주겠다고 하는 건 진심이지만, 그 가 나한테 언제라도 너를 도와주겠다고 한 말은 그냥 하는 말이라고. 너는 나를 필요로 해도 되지만, 나는 너를 필요로 하면 안 된다고.

언제부터 나는 진실된 사람이고 남의 진실은 믿을 수 없다고 생각한 걸까. 사실 알고 있다. 나는 분명히 괴로운 경험을 했고, 상처를 입었다. 그러나 그것이 또 다른 사람을 근본적으로 믿지 않고 대하면서 상처 입혀도 된다는 뜻은 아니다. 타인의 선의를 믿지 않으면서 어떻게 누군가를 사랑할 수 있을까?

몸이 힘들다. 너무 힘들어서 잔디 깎는 것을 도와달라고 S에게 메시지를 보냈다. 그는 '당연하죠.'라며 내가 고추잡채를 하는 동안 시원하게 정원일을 해놓았다. '다음에 깎을 때가 되면 다시 말해요, 내가 깎을게. 기계가 무겁던데.' 고추잡채를 먹으며 지금 결정해야 하는 큰일들을 의논하다 그가 말했다. '당신을 오늘 만나서 정말 다행이에요, 정말 누군가와 대화할 필요가 있었거든요.' 그는 참 쉽게 이런 말을 한다. 나도 망설임 없이 말했다. '응, 언제라도 대화 상대가 필요하면 전화하거나 일 끝나고 들러요.' 그의 직장은 우리 집에서 걸어서 15분 거리다. '응, 아마 화요일이나 목요일에.' 그는 그렇게 나의 말을 하나의 구체적인 계획으로 만든다. 너무나 간단하게 나의 선의를 믿는다. 너, 도대체 뭘 알고 나를 믿니? 당연하게 내 선의를 믿어주고 그 믿음을 되돌려주는 사람 앞에서 나는 서서히 회복되는 기분이 든다.

그가 집에 돌아가는 시각, 벌써 밤공기가 차다.

모든 따뜻한 말이 그 의미 그대로 남아

○   엄마가 보호할 수 있는 건
　　　어디까지일까?

몇 주 전 헬레나로부터 메시지가 왔다. '날씨 정말 칙칙하지, 이번 여름은 완전히 빵점이야. 나랑 시그네가 너희 집에 가서 피카 해도 될까?'

'당연하지.'라고 쓰고, 뭔가 사오겠다는 친구를 말렸다. '아니야, 내가 초콜릿 케이크 만들 거야.' 전화가 끝나자마자 청소를 시작해 대충 치우고 나서 안도의 한숨을 내쉬었다. 시그네는 겨우 오 주 된 갓난아기라 아직 기동력이 없다. 제일 힘든 손님은 힘차게 기어 다니며 무엇이나 입에 넣는 아기들이다. 요즘 레고는 왜 이렇게 작은 부품이 많은지. 선물이 레고 조각들이 아무데서나 튀어나온다.

시그네를 안고 감탄했다. '와, 이렇게 가볍구나.' 무척 큰 아기였던 선물이는 갓 태어났을 때 벌써 지금의 시그네만큼 컸다. 헬레나가 끄덕거리며 웃었다. '응, 아직도 세면기에서 애를 씻길 수 있다니까.' 조그맣고, 아직 고개도 가누지 못하는 아기 시그네. 선물이를 돌보는 것보다는 쉬울 것 같았다. 아기가 놓여 있는 곳만 안전하면 되니까.

선물이는 이제 만으로 여섯 살, 오는 목요일이면 빵학년(förskoleklass)에 입학한다. 지난주부터는 다기스(dagis, 유치원)가 아닌 학교에 딸린 방과 후 보육원(fritidshem)에 가기 시작했다. 이번 해에는 선물이 유치원에서 이 학교로 입학한 학생이 없어서 선물이 혼자 새로운 환경에 익숙해져야 한다는 생각에 걱정이 많았는데, 월요일 화요일 아이가 생각보다 훨씬 잘 적응하는 것 같았다. 괜히 고민했다며 안심한 것도 찰나, 목요일 아침이 되자 선물이는 학교 가기 싫고, 요케(새 선생님)한테 가기도 싫다며 낑낑거렸다. 학교 말고 유

117

치원에 가고 싶다는 아이를 그러면 내일 오후에 가자며 달 랬다. 다음날 하굣길에 배가 아프다는 아이한테 '그럼 집에 갈래? 유치원 나중에 갈까?' 물었더니 고개를 젓는다. '유치 원, 선물이는 유치원에 갈 거야.'

유치원에 가자마자 아이는 익숙한 선생님에게 달려가 인 사하고 요케가 오늘 아이스크림을 주었다고 자랑하더니 게 임을 하고 싶다고 했다. 친구들과 함께 보드게임을 하나 꺼 내 간식이 나오기까지 깔깔거리며 노는 아이를 보며 알았 다. 아이가 그리워한 건 이렇게 말을 못해도 아이를 이해하 고 같이 놀 수 있는 친구들이구나.

선물이는 아직도 문장으로 자기표현을 잘 못한다. 특히 낯선 사람과 있으면 단어만 늘어놓는다. 처음 보는 아이들 과 놀고 싶어 자기 딴에는 노력하지만 잘 안 될 때가 많다. 언젠가 놀이터에서 놀던 중 큰 아이들이 선물이에게 '왜 넌 같은 단어만 반복하니? 너 바보니?'라고 말하는 것을 들었 다. 아이가 크니까 엄마가 해결해줄 수 없는 문제들이, 엄마가 보호해줄 수 없는 문제들이 하나둘씩 생겨난다.

자꾸 안아달라는 아이에게 '선물아, 너 이제 커서 엄마 너무 안아.'라고 했더니 아이는 허리를 90도 각도로 꺾고 말한다. '엄마, 나 작아, 진짜 작아.' 그래, 사실 아직도 작은 아이인데 어른인 엄마는 참 부족하구나. 네가 더 어릴 땐 너를 지키는 것이 더 쉬웠는데.

아니다. 그때도 힘들었고, 무력했고, 무서웠다. 지금 그때가 가볍게 느껴지는 건 단지 그때가 지나갔기 때문이다. 선물이가 조그만 아기이던 시절, 영아돌연사증후군이, 아이가 노출될지도 모르는 알 수 없는 병균이 두려웠다. 연약한 아기에게는 때로 햇살조차 위험했다. 이렇게 예쁜 아이를 잘못 키울까 겁이 났다. 어느 날 걱정의 무게에 지쳐 동생한테 전화했더니 동생이 말했다. '언니, 아이는 부모의 힘으로만 커나가는 게 아니야, 아이를 돌보시는 건 하나님이야.' 오직 나의 힘으로만 아이를 키운다는 생각을 놓자 힘이 덜 들었다.

아이를 키우면서 늘 나 자신의 부족함과 동시에 겸손을, 사랑을, 그리고 아이들의 위대함을 배운다. 세상에는 무수한 위험과 괴로움이 있고 내가 막아줄 수 있는 건 너무나 적다. 아이와 나는 그런 세상에 대처하는 방법, 그 세상에서 빛을 찾아내는 방법을 함께 배워나갈 것이다.

○　　　**한국어에 대한**
　　　그리움

'집에 가고 싶다.'

'집?'

'응, 집에 가고 싶어.'

'음, 네가 한국을 집이라 부르는 걸 보니 진짜 한국에 갈 때가 됐나 보다.'

'응, 집에 가서 친구들 만나고 싶어.'

'집에 가서 친구들 만나고 싶다고? 스웨덴에는 친구가 없나? 뭐가 문제인데?' 그는 대답해보라는 듯 눈을 동그랗게 떴다.

'너랑은 한국어로 수다를 못 떨잖아.'

'아….'

성인으로서의 삶은 스웨덴에서 살았다. 여기가 내 집이다. 그런데 가끔 끔찍하게 한국이 그리울 때가 있다. 예전에는 집에 가면 탕수육을 시켜먹고 싶다(배달이 핵심이다. 여기는 그런 건 없으니까, 꼭 배달시킨 탕수육을 먹고 싶다.), 매운 낙지볶음이 먹고 싶다, 하며 꼭 먹고 와야 하는 음식 리스트를 만들곤 했다. 하지만 그 무엇보다 그리운 건 한국어로 수다 떠는 것이다. 맛이 다르다. 언젠가 동영상으로 한국 프로그램들을 이것저것 보는데 옆에서 거북이가 물었다. '뭐가 그리 재미있어? 정말 죽도록 웃어대는 거 알아?' 내 답은 그랬다. '설명할 수 없어, 말장난이 재미있어.'

내가 스웨덴에, 그것도 스톡홀름이 아닌 린셰핑에 사니까 정말 한국어로 수다 떨 일은 별로 없다. 여기도 내가 근무하는 대학에 교환학생들이 오니 만나려면 만나지만, 수다란 건 잘 알지 못하는 사람과의 대화와는 전혀 다른 것이다.

더군다나 이제 나이 차이가 확연한 한국 학생들과 내가 수다를 떨기란 쉽지 않다.

어느 날 소피아의 친구를 만났다. 그녀는 뇌졸중으로 언어 장애가 온 노인들의 커뮤니케이션을 연구한다고 한다. 그 연구 프로젝트에 대해 이야기하다가, 스웨덴어를 못하는 이민자 노인들이 노인 요양시설에서 얼마나 고립되는지 듣게 되었다. 그녀가 최근에 찾은 노인 요양시설에도 한 이민자 노인이 있는데 아무도 그 할머니와 대화를 나누지 않는다는 걸 발견했다. 하다못해 '안녕'도 없었다. 그래서 저분은 누구신지 물었더니 간호사들이 말했다. '아 그냥 무시하세요. 저분은 우리랑 이야기 안 해요.' 안 하는 게 아니라 못하는 거고, 안 하는 건 본인들이란 자각이 전혀 없었다.

이야기를 들을 때 내 얼굴이 어땠을까. 그 이야기는 내가 외국인으로, 그것도 한국 사람 없는 스웨덴에 사는 한국인으로 가장 두려워하는 일이었다. 어느 날 갑자기 스웨덴어를 다 잊어버리고 한국어만 하게 된다면, 그래서 주변 사람들이 아무도 내 말을 이해 못한다면! 내 표정을 본 소피아가 약속했다. '걱정 마, 난 네가 한국어만 하고, 내 말은 하나도 이해 못 하게 되어도 네가 그런 곳에 있다면 찾아가서 수다를 떨 거야.'

한국어가 항상 더 편한 언어는 아니다. 오히려 한국어로 말할 때 답답함을 느끼기도 한다. 공부의 대부분과 직장생활의 전체를 이곳에서 했기에, 내가 하는 일에 대해 말하려면 영어나 스웨덴어가 편하다. 직장 친구 산나는 스웨덴어와 영어를 하는 핀란드인이다. 학위는 영국에서 받았고 지금은 스웨덴에서 일한다. 우리는 일상 이야기는 스웨덴어로 하지만 이론과 관련된 이야기는 항상 영어로 한다. 영어가 우리의 업무언어다. 다른 사람들은 대화 주제에 따라 중간중간 언어를 바꾸는 우리 모습을 재미있어 한다.

몇 년 전부터 막상 한국에 가서 친구 만나고 수다를 떨다 보면 약간 서늘한 기분을 느낄 때가 있다. 우리가 하는 대화의 대부분은 과거에 관한 것이고, 현재도 미래도 나누지 않는다. 또 내가 내 지금의 생활을 한국어로 말하는 데 익숙하지 않아서 그런 대화를 하다 보면 가끔은 외국어를 엉터리로 번역한 느낌을 받는다. 모국어로 나의 현재를 말하려면 나는 순간순간 멈춰 생각해야만 한다. 내 오늘과 한국에서의 삶의 거리는 그만큼이다.

그럼에도 불구하고, 아니 그렇기 때문에 더 수다가 그립다. 어찌나 한국말이 그리운지, 욕이든, 말장난이든 가까운 사람들과 거침없이 섞고 싶다. 당연하게 이해받고 싶다. 정말 집에 가야 할 때가 되었나 보다.

○   **소파가 가져가지 못한 것들**

소파가 왔다. 살 때 육 주가 걸린다고 했는데 팔 주가 지나서야 왔다. 이렇게 이야기하면 엄청 대단한 소파를 산 것 같지만 여기서는 이케아가 아니면 이 정도 시간을 기다려야 가구가 배달된다. 스웨덴 친구들은 아무도 놀라워하지 않았지만 나는 기다리다가 지친 나머지 꿈까지 꾸었다. 엉뚱한 색깔의 소파가 배달된 꿈이었다. 나는 어리둥절해 '이게 정말 제가 주문한 색인가요?' 물었더니 가구를 가져온 사람들이 서류를 보여주며 말했다. '그럼요, 여기 서명하셨잖아요.' 이런, 이제 또 몇 년을 맘에 안 드는 소파를 끼고 살아가야 하나 한숨을 쉬다 꿈에서 깼다.

  그전에 있던 소파를 얼마나 싫어했던가. 소위 침대소파
였던 옛 소파는 무겁고, 어둡고, 앉으면 불편하고, 너무 오
래되어 색깔도 탁한 데다 여기저기 어쩌다 생겼는지 기억
도 안 나고 알고 싶지도 않은 얼룩도 많았다. 가구 전문 배
송인 두 남자가 먼저 조심스럽게 침대소파를 꺼내갔다. 소
파가 있던 자리에 쌓여 있던 먼지며 쓰레기를 청소기로 치
우는데 선물이가 현관 앞에서 소리를 질렀다. '엄마, 큰 선
물이야!' 팔짝팔짝 뛰는 아이에게 중년의 남자가 쿠션을 건
네주면서 말했다. '아저씨 도와줄래? 이것 좀 가져다놓으
렴.' 막중한 소임을 맡게 된 아이는 지극히 진지한 표정으로
쿠션을 옮기고, 다시 현관으로 쪼르륵 달려가 새로운 임무
를 기다렸다. 남자는 그보다 더 무거운 쿠션 두 개를 가지고
왔다. '이건 좀 무겁다, 하나씩 천천히 옮기렴.'

  꿈속에서와는 달리 무척 마음에 드는 색의 소파가 왔다.

이렇게 작고 가벼웠나? 그전 소파와 달리 앉았다 일어나면 조금 움직일 정도로 가볍다. 다리가 길고 밀기 쉬우니 이 소파 밑으로 먼지가 쌓일 일은 없을 것이다. 익숙하지 않아서인지 앉아보니 그렇게 편하다는 느낌이 들지 않았다. 그래서일까? 실망에 가까운 느낌이 마음속에 스미려 했다. 선물이가 소파에 드러누워 '이 소파 너무 좋아!'라고 외치자 그제서야 기분이 좋아졌다.

내 실망은 내가 느끼지 못한 감정 때문이다. 나는 그 무거운 소파가 사라지면 십삼 년간의 체중도 같이 사라질 줄 알았다. 물건들은 기억한다. 물건들에 시간이 담겨 있고 감정이 스며 있다. 둘이어서 행복할 수 있었던 날들과 행복 같은 건 생각지 않아야 견딜 수 있을 만큼 외로웠던 날들. 소파가 사라지면 내 기억도 좀 더 가벼워지기를 바랐다.

나는 기억하는 사람이다. 남들이 스쳐 지나가듯 하는 말, 내가 남들에게 하는 말, 내가 남에게 한 행동, 그들이 나에게 한 행동. 그래서 때때로 자신이 한 말을 기억 못 하는 사람들에게 '네가 예전에 이런 거 가지고 싶다고 말했잖아'라며 놀라게 해줄 수도 있고, '네가 나 힘들 때 이렇게 위로했지' 하면서 오랫동안 감사할 수도 있고, 반대로 열두 살 아이였던 내가 한 행동에 여태껏 괴로워하기도 한다. 남들이 내게 준 아픔 또한 나는 잊지 않는다.

미워서, 기억하고 싶어서 기억하는 게 아니다. 어쩌면 그들이 그렇게 굴도록 내버려둔 나를 벌주느라 기억하고 스스로를 괴롭히는 걸지도 모른다. 마치 도사리고 있다가 갑자기 화면 속에 나타나 차갑게, 그러나 오후의 차를 마시듯 아무렇지도 않게 아픈 말을 던지는 영화의 악역처럼, 기억은 나를 수시로 괴롭힌다.

연락을 끊고 몇 달 뒤, H는 내게 어떤 짓을 했는지 깨닫고 있으며 그럼에도 여전히 우리가 친구가 될 수 있다고, 아니 이제서야 자신이 나의 친구가 될 수 있다고 믿는다며 메일을 보내왔다. 그리고 H와 저녁을 먹었던 2월의 마지막 날, 그가 기차를 기다리면서 산 커피가 얇은 종이컵에 담겨 나왔다. 뜨거운 것을 잘 못 참는 그에게 나는 아무 말 없이 냅킨을 건넸고 그는 묵묵히 받았다. 침묵이 오가고, 그는 겨우 입을 열어 상처 준 일들을 잊어줄 수 있겠냐고 물었다. '글쎄, 그럴 수는 없을 것 같아. 용서를 하고 안하고가 아니라, 네가 나한테 한 행동들은 그대로 있어.' H는 내가 무슨 말을 하는지 알고 있었다. 그는 가만히 있다가 다시 말했다. '네가 그럴 수 있도록 시간을 주어 내가 좋은 기억을 만든다면, 좋은 기억이 예전 일보다 더 무거워진다면, 그게 답인 거지?' 내가 마치 어린아이가 새로운 재주라도 부린 듯 크게 웃자 그는 한결 가벼워진 말투로 말했다. '내가 늙은 개도 아니고, 좀 늦어서 그렇지 나도 배운다고.' (스웨덴에는 '늙은 개 가르치기'란 속담이 있다.)

그리고 삼 개월이 지난 지금, 그는 자신이 늙은 개임을 증명했다.

불쌍한 H. 그는 아마도 자신이 결국 이렇게 얄팍한 사람이란 걸 증명한 나의 존재를 계속 힘들어하고 미워하겠지. 그러나 어떻게 할까, 내 잘못은 아니다.

아침에 일어나서 거실을 본다. 새 소파가 있는 나의 거실이 맘에 든다. 소파는 모든 기억을 사라지게 할 수는 없다. 하지만 이 소파에서 나는 다른 좋은 추억들을 많이 만들 것이다. 지난 시간을 이길만한 추억들을. 지금 이 소파를 보면 누워서 '엄마, 이 소파 너무 좋아!'라고 환하게 웃는 선물이가 떠오르는 것처럼 말이다.

○　　올해는 우리 집에도
　　　크리스마스가 온다

　　어제 일요일은 강림절 첫 주였다. 스웨덴 사람들은 이제 본격적으로 크리스마스 준비를 한다. 이때부터 여기저기 크리스마스 마켓이 서기 시작하고, 집집마다 주말이면 생강 쿠키며 샤프란을 넣은 크리스마스 빵을 굽고, 크리스마스 별을 달고(이곳에서는 크리스마스트리에 다는 것뿐만 아니라 따로 별 모양 전등을 창가에 달거나 세워놓는다.), 그 외에도 트리를 세우고 꾸미는 등 크리스마스 장식을 잔뜩 한다. 선물도 사야 하고, 카드도 써야 한다. 어쩌면 이곳의 12월은 24일을 향해 달려가는 긴 여행 같다.

나는 몇 년 동안 아무 것도 하지 않았다. 정말 아무 것도 하지 않았다. 아이가 태어난 후, 거북이는 빵도 굽고 싶다, 뭐도 하고 싶다고 말했지만, 그 말의 뜻은 내가 해야 한다는 것이었지 자신이 혹은 우리가 하자는 것은 아니었다. 나는 하지 않았고, 아무 일도 일어나지 않고 지나갔다. 지난 몇 년간 크리스마스 준비는 나에게 단지 내 에너지를 빼앗는 또 다른 일일뿐, 기쁨이 아니었다.

올해에는 크리스마스 준비를 한다. 선물이와 그럴듯한 크리스마스를 맞고 싶고 그 생각을 계획하고 실행할 기운이 있다. 토요일, 먼저 샤프란을 넣은 케이크를 구워보았다. 이렇게 쉬운 거였구나. 왜 소피아가 몇 년이나 물었는지 알았다. '그게 얼마나 간단한데 왜 안 해?' 몇 주 전 선물이에게 강림절이 되면 크리스마스트리를 만들고 생강쿠키를 굽자고 했더니 선물이는 매일매일 트리, 트리 하고 노래를 불렀다. 린셰핑 올드타운에서 열리는 크리스마스 시장에도 갔다. 특별히 필요한 게 없어도 이때의 장터를 돌아다니는 건

133

즐겁다.

버스가 정거장 가까이 다가가는데 창밖을 보니 S가 벌써 우리를 기다리고 있었다. 그는 뭘 사야 하는지 물었다. '아뇨, 그냥 돌아다니고, 사진 찍고. 우리 그래요.' S가 고개를 끄덕였다. 그와는 모든 것이 쉽다. 아몬드에 설탕을 뿌려 볶은 스웨덴 전통 간식인 브랜드 만들라르의 달콤한 향에 이끌려 두 봉지를 사서 그에게 하나를 주자 간간이 내 입에 넣어주었다. 구경을 마치고 함께 집에 돌아와 먼저 생강쿠키를 굽고, 전날 준비한 샤프란 케이크와 함께 차를 마시며 한숨 돌렸다. 트리를 꾸미기 전 통닭구이와 야채 구이를 준비해 오븐에 넣었다. 통닭이 천천히 익어가는 동안, 집으로 배달시킨 플라스틱 트리를 꺼내자 아이는 폴짝폴짝 뛰었다. '엄마, 트리가 너무너무 커요.' 인터넷으로 주문한 50개의 방울은 열어보니 고리가 없어서 실을 직접 꿰야 했다. 당황해하는 내게 S는 말했다. '같이 하면 되죠.' 우리는 천천히 방울마다 실을 꿰어나갔다. 다 된 방울은 선물이에게 매달라고 했더니 트리 한 구석에 열 개가 넘는 방울들을 달아놓았다. 웃으며 그 방울들을 다시 달고, 덤으로 산 다른 여러 가지 장식들도 제자리를 찾아주었다. 동료들에게 진짜 전나무가 아니라 플라스틱 나무를 샀다고 타박당했다며 아이처럼 이르자 S는 부드럽게 나를 달랜다. '우리한테는 이게 더 편하잖아요.' 2미터가 넘는 트리가 완성되자 아이는 목덜미를 긁어준 고양이처럼 좋아하더니 정말 고양이처럼 트리 아래 웅크리고 누웠다. 그때 알았다. 난 이 사람과 함께라면 해낼 수 있다고 믿어서 이 일을 벌였구나.

그는 작은 일의 기쁨을 놓치지 않는다. 흔한 통닭구이 냄새가 좋다고 몇 번이고 감탄하고, 맛있게 먹는다. 남은 고기와 오븐에 구운 감자랑 당근으로 함께 다음 날 점심 도시락을 준비했다. 크리스마스가 지나면 그는 삼 주 넘게 영국과 타이완에 출장을 가야 한다. 도시락을 싸다 그만 말해버렸다. '난 정말 당신이 이렇게 오랫동안 떠나 있는 게 싫어요.' 어느새 이만큼 좋아하게 된 걸까. 언제 이렇게 이 관계가 편안해진 걸까. '응, 알고 있어요. 만약 내가 이쪽으로 완전히

옮겨오게 되면 이렇게 자주 타이완에 안 가도 될 거예요.'
그건 아마 그가 갑자기 새어 나온 내 진심 앞에서도 동요하
지도 피하지도 않는 그런 사람이기에 가능했을 것이다.

비가 오기 전 그는 집으로 돌아갔고, 보드게임을 안하고
간다고 골이 나서 S에게 인사도 안 하겠다고 떼를 쓰던 선
물이는 금방 잠이 들어버렸다. 혼자서 트리를 보며 방울 몇
개를 옮겨 달았다. 그리고는 소파에 앉아 샤프란 케이크 한
조각을 마저 먹으면서 생각했다. 아, 올해에는 우리 집에도
크리스마스가 오는구나.

○　아침 발걸음이 가벼운 이유

　　몇 분 전부터 기척이 났다. 몸을 뒤척이는 소리, 무언가 웅얼거리는 소리. 결국 문이 휙 열리고 아이는 화장실로 향했다. 돌아온 아이는 창가에 전등 하나만 켜놓은 거실의 제일 작은 안락의자에 앉아서 컴퓨터로 뭔가 읽고 있는 엄마 옆으로 오더니 웅얼거렸다. '엄마 같이 앉아, 선물이도 앉아.' 꼭 안기는 것이, 그리고 살짝 얼굴을 비벼대는 모습이 새끼 고양이 같다. 잠깐 그렇게 앉아 있더니 역시 좁은 게 불편한지 내 등 뒤로 움직이는 아이, 내가 자리에서 일어서자 '엄마 앉아, 같아 앉아.'라고 말하는 아이.

무한히 앉아 있고 싶어도 아침에는 언제나 5분 단위로 끝내야만 하는 일들이 있다. 7시 30분에는 아침을 먹기 시작해야 하고, 적어도 45분까지 다 먹어야 하고, 또 10분 동안 이를 닦고 옷을 입고, 8시에는 현관을 나서야 한다. 어제는 비가 내리더니 오늘은 하늘이 푸르르다. 아침 거리에는 청소부 2인조가 한 사람은 바람이 나오는 기계를 휘두르며 낙엽을 한 곳으로 몰고 또 한 사람은 그렇게 모은 낙엽들을 거대한 진공청소기차로 빨아들이며 박자 맞추어 일한다. 선물이는 진공청소기 차에 시선을 뺏기더니 좀 더 구경하겠다고 학교 쪽으로 손을 잡아끌어도 버텼다. 한동안 실랑이할 기세던 선물이가 갑자기 내 손을 놓고는 학교를 향해 뛰어갔다. 이 갑작스러운 심경의 변화는 뭘까 했더니 친구 아르비드가 저 앞에서 자전거를 타고 서 있다. 아르비드는 한 발을 페달에 올려놓은 채 고개를 돌리고 선물이에게 빨리 오라고 소리를 질렀다. 멀찍이 달려가는 아들을 배웅하던 아르비드의 아빠는 내 곁에 서서 너털웃음을 터뜨렸다. '친구가 제일이라니까요. 아까 보니까 선물이 꼼짝도 안 하더

니.'

입학하고 첫 한 달간 선물이는 친구가 없다고 말했다. 분명 같이 노는 아이들이 있는데도. 이제는 반 아이들 이름을 다 대고, 그중에 자기 친구는 누구인지 알려준다. 가끔 길거리에서 반 아이들을 만나면 아이들은 서로 눈을 빛내며 반가워한다.

그때마다 안심한다. 여전히 말은 더디지만, 또래 아이들과 소통하고 있구나. 푸른 하늘 아래 빨간 윗옷을 입고 학교 운동장에서 친구들과 노는 아이를 두고 엄마는 조금 가벼운 발걸음으로 직장으로 향했다. 다행이다. 감사하다. 사랑해 선물아.

새우를 뒤집어야 하는 순간, 벨이 울렸다. 서둘러 문을 열어준 후 포옹도 없이 부엌이 급하다며 돌아섰다. 오사는 아무렇지도 않게 겹겹이 입은 옷들과 신발을 벗어 정리하기 시작했다. 추위를 많이 타는 오사는 겨울이면 고치라도 짓듯 옷을 잔뜩 껴입는다. 새우가 다 되자 때맞추어 헬레나가 도착하는 소리가 났다. 오사는 선물이에게 네가 주인이니 문을 열어주라고 했지만 선물이는 장난만 쳤다. 둘이 문은 안 열고 한참 실랑이를 벌여 결국 내가 거실 바닥을 미끄러지듯 달려가 문을 열었다. 헬레나의 넉 달 된 아기 시그네는 기분이 좋은지 방긋방긋거렸다. 고텐버그에 사는 오사까지 셋이 만나기는 반년만이다. '생일 축하해, 내가 지난주에 안 오고 이번 주에 오길 정말 잘했지?' 오사가 카드를 내밀며 생일을 축하해주었다.

지난 주말에는 시그네의 이름 짓는 날이 있었다(전통적으로는 이때 세례를 받지만 헬레나와 안드레아스는 무신론자라, 대신 이런 행사를 했다. 우리식으로 하면 백일잔치 정도다.). 참석하려던 오사가 감기가 심하게 들려서 못 오겠다며 대신 다음 주에 오겠다고 메시지를 보냈다. 음 그러면 토요일 저녁에 보면 되겠다고 생각하고 있는데, 5분 만에 메시지가 하나 더 왔다. '잠깐. 일요일이 네 생일이지?' 조금 더 있으니까 이번에는 헬레나가 전화를 걸어왔다. '너 다음 주에 생일이지?' 오사가 연락했나 보다. 헬레나는 몇 년 동안 내 생일 날짜를 휴대폰에 잘못 기록해서 10월 1일마다 생일 축하 메시지를 보내더니 드디어 고친 모양이었다. 어찌어찌 하다 보니 생일 점심에 우리 집에서 모이기로 했다. 생일날 밥하는 거 무

지 싫어하는데 친구들이 스웨덴 식으로 메뉴를 하나씩 준
비해왔다.

빵, 스페인 햄(일단 먹어보면 스팸 같은 건 햄이라고 부르지 못하
게 된다.) 두 가지, 훈제 연어, 치즈도 두 가지, 속을 크림치즈
로 채운 고추, 고추 마늘 새우, 할루미 치즈를 얹어 오븐에
구운 고구마, 그리고 만두까지. 상을 차려놓으니 그득한데
사실 요리라고 할 만한 건 새우랑 고구마뿐이다. 식탁 위로
팔을 뻗으며 이 메뉴 저 메뉴 주고받는다. 이거 맛있네, 이
건 고구마야, 이거 어떻게 만들었어? 나 요즘 마늘 못 먹어,
왜? 마늘 먹고 모유 먹이면 시그네가 아파해. 레시피에서부
터 오사의 새 직장 이야기, 시그네 이야기까지 우리의 식탁
은 몇 안 되어도 시끌벅적했다. 자기 밥 먹다 시그네 밥 먹
이다 하는 헬레나에게서 식사를 먼저 마친 내가 시그네를
받아 안았다. 작은 아기들에게서 나는 냄새가 정말 좋다. 다
먹고 헬레나가 가져온 초콜릿 케이크에 커피를 마시기 시
작하자 오사는 더 이상 못 기다리겠다는 듯이 물어왔다.

'S랑 어제 뭐했어?'

사랑은 사랑에 빠진 사람뿐만 아니라 그 주변 사람들도 소녀로 만드는구나.

말로는 제대로 전할 수가 없다. 테라스가 있는 시내 광장 호텔 레스토랑에서 화사한 가을 햇살을 얼굴에 받으면서 먹은 점심, 밖으로 나서자 어느새 회색인 하늘에 춥다며 그의 외투 주머니에 잡은 손을 넣고 길거리를 거닐 때의 기분, 그의 아파트에 들어서서 그곳을 집이라 부르는 게 어색하지 않았던 것. 느긋하게 차를 마시고 이제 집에 돌아간다고 하자 자기도 일하러 직장에 간다는 그의 말을 듣고, 토요일 오후에 출근한다는 말이 이해가 안 가 어리둥절하자 그가 내 표정이 귀엽다는 듯이 얼마나 크게 웃었는지. 웃고 나서 그러면 저녁은 우리 집에서 먹기로 약속했던 그때. 저녁을 함께하고 나서 생일선물을 풀고, 선물이랑 같이 보드게임을 하고, '당신이 행복한 게 제일 중요해요.'라는 말을 듣던 그 순간.

말로 옮기려고 할수록 모든 미세한 움직임들이, 순간들이 만들었던 행복이 우습게 느껴져 나열하는 대신 말했다. '행복했어, 무척.' 그 한마디에 내 마음이 다 드러나버렸는지 헬레나와 오사가 동시에 묻는다. '떠나면 어떻게 해?'

홀로 조용한 저녁을 보내다 S에게 어제를 감사하는 길고 긴 메시지를 보냈다. 자전거를 고치고 있던 그에게서 심플한 답이 왔다. '나도 당신과 함께 있어 행복합니다.'

20대였을 때, 아직도 사랑을 나이 들면 찾아오는 변화같이 생각했던 시절, 아니 에르노의 《단순한 열정》이란 짧은 소설을 읽은 기억이 난다. 누군가에게 열정을 다해 사랑에 빠지는 감정, 그가 떠나고 난 뒤의 생활, 그리고 그가 돌아왔을 때, 사랑이 지나간 뒤의 감정에 대한 기록이었다. 책의 마지막 구절은 이렇게 끝난다.

내가 어렸을 때 내게 사치란 바닷가의 집, 진주 목걸

이였다. 후에 나는 지적인 생활을 하는 것이 사치라
고 생각했다. 지금은 한 사람을 향해 열정을 느낄 수
있다는 게 사치라고 생각한다.

누군가를 사랑하고, 그 누군가에게 사랑받고, 함께 있어
모든 일상의 일들이 여름 햇살에 반짝이는 해변의 모래와
같이 빛날 때, 그리고 이 순간을 믿을 수 있을 때, 그런 나날
들. 그래, 그것이야말로 내게도 사치다.

다음 날 점심시간에 집에서 일한다니까 그가 왔다. 이번
주말에는 챙기지 못했다며 그가 잔디를 깎는 동안 나는 식
탁에 우리가 먹을 점심을 차려놓는다. 손을 씻고 부엌에 들
어오는 그에게 말했다. '당신이랑 점심을 같이 먹다니, 정말
사치스럽네요.' 그의 얼굴에 미소가 번졌다.

○   **지독한 여름,**
     그러함에도 숨 쉴 여유가 있다

가장 끔찍하고 지독한 여름이었다.

한때 사랑했고, 행복했고, 함께 가정을 꾸리고 인생을 같이 하기로 했던 사람과 헤어지는 건 역시 끔찍하다. 소피아가 말했다. '모든 이혼은 힘든 거지만, 너처럼 힘든 이혼은 보기도 드물다.'

첫 이혼신청서를 내고 숙고 기간이 육 개월 있고, 그 뒤에 두 번째로 신청해야 끝나는 이혼 준비기간 동안 우리는 여전히 한 아파트에서 살았다. 거북이는 나가기를 거부했고, 나는 많이 아파서 이 사람과 싸울 힘이 없었다. 이사를 갈

힘은 더더욱 없었고, 또 선물이에게 변화가 좋지 않다고 하니 내가 참아야 한다고 생각했다.

비 한 번 안 내린 대단한 여름이었는데, 그렇다고 같이 휴가를 가기도 이상한 노릇이었다. 시간은 어떻게든 흘러갔고 어제 마지막 서류에 사인했다.

이번 여름이 지독했던 또 다른 이유는, 로즈마리를 잃은 것이다. 함께 박사과정을 시작했던 무척 사랑하고 존중하는 친구 로즈마리. 삼 년 전 로즈마리가 다른 대학으로 직장을 옮기면서 자주 연락하지 못했지만 떠올리면 마음 한구석을 따뜻하게 해주는 소중한 사람이었다. 그런데 너무나 갑작스럽게, 밴쿠버에 출장 간 사이 그녀가 떠나갔다. 지난 6월 초에 머리가 아파서 응급실을 찾은 그녀는 뇌출혈 진단을 받았다. 곧 수술을 받고 처음에는 깨어나 사람들과 눈을 마주치더니, 그 순간이 지나자 코마상태에 들어갔다. 한 달 후 그녀는 세상을 떠났다.

그때 싸움 아닌 싸움 중이던 헨릭에게 그 소식을 메일로 전하자 헨릭이 그랬다. '왜 이렇게 나쁜 일들이 너한테 일어나지? 왜지? 듣고 있기도 힘들다.' 나는 답했다. '내가 이런 메일을 보낼 때 너한테 바라는 건 그냥 포옹이야.' 별 말이 없던 헨릭은 내가 스웨덴에 돌아온 다음 날 바로 전화를 걸어 저녁을 먹자며 말했다. '만나면 꼭 껴안아줄게.'

헨릭을 만나고도 눈물이 나오지 않았는데, 로즈마리가 간지 한 달 만에 있었던 지난주 장례식 날에는 아침부터 토하고 싶었다. 하루 종일 음식을 입에 댈 수 없었다. 친구 남편과 아이들을 보며 울다가 집으로 돌아와 그다음 날로 앓기 시작했다.

그러나 내가 몸져누워도, 무기력해도, 여름 내내 선물이는 해바라기처럼 무럭무럭 자란다. 좀 더 구체적으로 말하자면 밥을 안 먹어서 엄마 속을 마구 썩이는 동시에 엄마의 웃음보를 터트리며 자란다. 여름 동안에 알렉산드라란 친구도 사귀었다. 선물이가 발음이 새어 우리 집에서는 산드라라고 불리니 알렉산드라는 이제 그게 자기 이름이라고 생각하는 것 같다. 어떤 날은 무려 아침 8시에 벨을 울리며 찾아와 선물이와 같이 아침을 먹는 산드라. 솔직히 이럴 때는 살짝 짜증이 나지만 그나마 산드라가 있으면 아침을 더 먹는 선물이다.

선물이의 몸이 쑥쑥 크는 만큼이나 재주도 매일매일 는다. 하루는 스털링에 있을 때 스카이프로 영상통화를 하는데 선물이가 제 장난감을 가리키며 물었다. '엄마 이게 뭐야?' 스웨덴어로 스바트 빌(검은 차)이라고 대답하니까, 'No, black car'이라고 영어로 답했다. 내가 깜짝 놀라자 혼자 유튜브를 하다 찾은 어린이 영어 프로그램을 보다 배웠다고 거북이가 알려주었다. 집에 돌아오니까 이제는 또 묻는다. 'What's this?' 도대체 뭘 가리키는지 몰라서 '뭐라고?' 하니까 이번에는 스웨덴어로 말했다. '아, 엄마는 영어를 못하는구나?'

요즘에는 러시아어까지 진출을 해서 헨릭을 웃기고 있다. 이게 다 헨릭과 올가 때문이다.

발달 단계상으로는 적어도 여섯 개의 단어를 가지고 한

문장을 만들 수 있어야 하는데 선물이는 아직 그걸 못한다. 이 녀석은 대신에 세 단어로 말할 수 있는 언어의 숫자를 늘리고 있다. 헨릭의 해석은 또 다르다. '누가 알아, 이미 다 할 줄 알고 있는데 안 하는지? 나중에 설국열차의 남궁민수처럼 다 할 줄 안다는 걸 보여줄지도 몰라.'

엄마가 소시지를 싫어하는 걸 아는 선물이가 입에 비엔나소시지를 물고 다가와 뽀뽀하잖다. 태연하게 쪽! 해주니 마구 웃는다.

가장 아픈 여름에도 선물이는 자란다. 자라나는 아이를 보면 숨 쉴 수 있다.

○　엄마의 마음,
　　　다른 사람의 눈

　　선물이가 자폐아일 가능성이 있다며 검사를 하자
는 소견을 받았을 때, 그 이야기를 주변에 하자 알고 있었다
는 식으로 반응하는 사람이 많았다. 그 반응에 나는 굉장히
화가 나기도 했고 창피하기도 했다.

　예전에는 판정을 받지 않고도 아이들이 정부 지원을 받
았다고 하는데 요즘에는 그렇지 않다. 오직 진단을 받은 아
이들만이 특수교육도 받을 수 있고, 전담해서 돌봐주는 선
생님도 배정된다. 누가 무슨 권위로 이런 병명을 정하고 또
진단하는 걸까. 아직 어린아이의 다름이 왜 '정상'이 아닌

것으로 간주되어야 할까. 사람들은 학자 중에도 자폐증이 있는 사람들이 많을 거야 같은 말은 왜 하는 걸까. 무슨 위안인 양.

많은 것에 화가 났다. 그때 내 마음을 괴롭히는 건 아이가 사회에서 '성공'을 하고 말고가 아니었다. 다른 사람들이 아이의 진단을 너무 당연하다는 듯 받아들여 끊임없이 스스로에게 되물었다. '나만 못 보았나, 왜 못 보았나, 내가 다른 데 관심이 더 많나, 내가 더 나은 엄마였다면….' 내가 모자란 엄마란 생각을 내려놓을 수 없었다.

길고 긴 검사 절차가 끝난 후 아동 심리학 선생님은 내게 이렇게 말했다. '처음에 선물이와 당신 둘이서 검사를 받으러 왔을 때, 난 이 아인 자폐아가 아니라 그냥 언어발달이 늦은 아이라고 생각했어요. 당신이 나를 '속인' 거죠.' 그녀는 양손을 들어 허공에 따옴표를 그렸다. '그런데 그다음에는 아이 아빠와 선물이가 의사에게 검사를 받았죠. 그 의사가 말하는 선물이는 내가 본 아이가 아닌 거예요. 난 정말 같은 아이를 검사한 게 맞나 했어요. 나중에 선물이랑 당신,

선물이랑 아빠를 비교해보니까 이해하겠더라고요. 예전에
도 이런 케이스를 봤거든요. 당신은 아이를 너무나 잘 이해
해서 아이가 어떤 걸 잘 못하는지, 어려워하는지 아니까 미
리미리 도와주죠. 아이도 당신이랑 있으면 당신이 어떤 걸
원하는지 알고 그래서 해내려고 노력해요. 두 삶이 단단히
연결되어 있어요.'

지난 일 년간, 엄마의 마음으로 보는 선물이는 너무나 고
맙게도 많이 성장했다. 선물이의 마음이 부쩍 자라서 다른
아이들과 사귈 줄 알고 마음도 표현할 줄 안다. 다른 사람
의 아픔도 볼 줄 알며 무엇이든 나누고 싶어 한다. 그 성장
이 기쁘다. 말도 그렇다. 작년에만 해도 아이가 말할 때 단
어 하나하나를 힘주어서 내뱉는 것 같아 가슴이 아팠다. 요
즘에는 보다 복잡하고 다양한 문장을 쉽게 말한다. 레고를
가지고 놀 때면 나는 상상하지 못할 것들을 정교하게 만들
고, 숫자에 관해서는 여느 아이 못지않게 감각이 좋다.

그런데 며칠 전 아이를 학교에서 관찰하고 전화를 준 특

수교사는 아이가 무엇을 못하는지 알려주었다. 전화를 받고 있는데 또 눈물이 났다. 나는 아마 '아이가 많이 발전했어요.'라는 말을 듣고 싶었나 보다. 가끔 이렇게 아이를 나의 마음이 아닌 다른 사람의 눈으로 보게 되는 순간들이 있다. 모르는 사람을 만나면 아이는 그 순간의 스트레스로 말문이 더 막힌다. 그러면 나도 긴장한다. 다른 사람들에게는 이 아이는 많이 다른 아이겠구나. 나이가 점점 들어가니 불안해진다. 엄마의 욕심으로 불안해진다.

어제 교회에서 아이들에게 꽃을 나누어주었다. 꽃을 든 아이에게 선생님이 말한다. '냄새 맡아보렴(lukta). 아주 좋아.' 교회를 나와 시내 도서관의 카페테리아 가는 길에 아이는 깡총깡총 내 앞으로 뛰어나가다가 갑자기 모르는 소녀에게 꽃을 내밀고 말했다. 'Lukta.' 발음도 살짝 부정확해서 소녀는 갸우뚱했다. '응? 올빼미(ugla)라고?' 내가 걸어오며 말했다. '아이가 꽃향기가 좋다고 맡으라고 하는 거예요.' 모처럼 햇살 좋은 스웨덴 가을날 친구들과 놀러 나온 소녀는 웃으며 향기를 맡고 '좋다.'라고 말해줬다. 나누고 싶어 하는 아이의 모습이 사랑스럽다. 하지만 십 대 여자아이의 눈에 여섯 살짜리 아이의 이런 모습은 어떻게 비쳤을까.

지난 일 년간 우리를 쭉 봐온 친구와 스카이프를 하다 물었다. '네 눈에는 어떻게 보이니?' '아, 내 눈에는 콩깍지가 씌어서 다른 사람이 어떻게 보는지 안 보여.' 그 말이 우스워서 웃고, 따뜻해서 웃었다. 아이는 마음으로 아이를 보는 사람들과 함께 있다. 그런 이상, 아이는 자기 속도로 발전해 갈 것이다. 무엇보다, 행복할 것이다.

아침이 이제는 어둡다. 아이가 일어나는 걸 힘들어한다. 한참 깨우니까 씩 웃으면서 '굿모론 마미.' 한다. '엄마, 오늘이 다시 토요일이었으면 좋겠어,' 나도, 선물아.

○   **모든 따뜻한 말이**
      그 의미 그대로 남아

영국 신문 가디언지에 '중년 이혼녀 *Mid-life ex-wife*'라는 칼럼이 있다. 내용은 제목 그대로, 50대 이혼 여성의 사랑 찾기라고 할까. 어쩌다가 지난여름부터 읽기 시작했는데, 처음에는 은근히 공감하면서 읽었다(그랬으니까 계속 읽었겠지.). 그런데 몇 주 전부터 이 글이 사실일까 하는 의심이 반쯤 들기 시작했다. 글을 쓰는 여성은 정말 남자 복이 없는 건지 아니면 인터넷 데이트라는 게 그런 건지 한 남자가 아주 길어야 오 주 이상 가지 않는다. 모든 관계가 삼, 사주 지나면 끝이 나고 마크도 로저도 다 사라진다. 그렇다고 다음 칼럼부터는 싱글인 것도 아니다. 그냥 한번 데이트하는 사람이라도 나오거나 아니면 다음 삼, 사 주 동안 작가의 감정 세계의 중심이 될, 아니 이 칼럼 이야기의 중심이 될 상대가 나타난다. 새 사람을 만나는 것 자체가 힘든 내게는 (물론 이건 내가 인터넷 데이트를 하지 않아서 그런 걸지도 모른다.) 끊임없이 새로운 사람이 나타나는 게 더 이상하다.

의심은 접어두고, 작가가 쓰는 모든 일이 현실에서 현재 진행형이라고 믿는다면 이번에는 이 작가의 용기와 인내심, 그리고 사랑에 대한 끝없는 믿음과 추구에 정말 경의를 표하고 싶다. 농담이 아니다. 그녀의 패턴은 비슷하다. 누군가를 좋아하게 되어 메시지를 받으면 심장이 떨리고, 다음 데이트를 준비하며 상대가 운동과 춤을 좋아하는 사람이라면 나도 좋아한다고 해놓고는 혹시나 해서 집에서 살사를 익히는 식이다. 그가 다닌다는 수영장 강습을 끊기도 한다. 이것만으로도 대단하지만, 어떻게 그렇게 몇 주간 달콤하디 달콤한 메일들을 주고받고, '나는 당신과 사랑에 빠지고 있어요.'라고 속삭이던 사람이 바로 다음 주에, '아, 나 생각이 바뀌었어요.'라고 말하는 과정을 이렇게나 반복해서 겪을 수 있단 말인가? 어떻게 그렇게 누군가에게 나의 감정을 투자하고(이 단어는 정말 싫어하지만 다른 단어가 생각나지 않는다.), 그 사람이 내 마음을 저버리는 걸 삼, 사 주마다 경험하며, '당신은 정말 사랑스러운 사람이에요.'라는 말로 반복해서 모욕당하고도 괜찮을 수 있을까? (나 역시 내가 '사랑스러운 사람'이란 말이 내가 사랑받는 사람이란 말은 아니라는 것을 아주 힘들게 깨달았다.) 무엇보다, 어떻게 그런 과정을 겪고도 그다음에 누가 '나는 당신과 사랑에 빠지고 있는 것 같아요.'라고 말할 때 그의 말을 진심으로 받아들일 수 있을까? 그의 행동을 있는 그대로 받아들일 수 있을까? 그렇다면 이 칼럼의 작가는 정말 엄청나게 강한 심장을 가진 것이 틀림없다.

 S는 선선한 날씨가 25도였다는 타이완에서 아침에는 영하 2도에 서리까지 내리는 스웨덴으로 돌아왔다. 밤 11시 비행기로 도착했는데 다음 날부터 출근하더니 감기에 걸린 것 같다고 메시지가 왔다. 겨우 보모를 구해서 토요일에 집

밖에서 볼 수 있게 되어, 선물이 겨울 옷가지를 살 겸 시내에서 보자고 연락했는데 답이 없어 의아했던 참이었다. 그는 아침에 일어나서 괜찮으면 시내로 나오겠다고 했다. '그러지 말고 그냥 집에서 보는 걸로 해요. 푹 자요. 그리고 점심때 같이 수프를 만들어요, 정말 간단하지만 맛있는 수프를 알거든요.'

타이완에 갈 때마다 머리를 바짝 자르고 오는 그는 옛날 고등학생 같은 모습으로 옆에서 채소를 썻고, 무언가 더 도울 일을 찾으려고 했다. 하지만 내가 워낙 손이 빠른 데다가 무척 간단한 수프라 할 게 없자, 향료 뚜껑이라도 자기가 닫겠다고 해 웃음이 나왔다. 그도 멋쩍게 웃더니, 고기 파프리카 수프 만드는 과정을 하나하나 찍었다. 내가 처음 보는 메뉴를 요리할 때면 그는 늘 그렇게 한다. 전과 다르다면 내가 그 사진 프레임 안에 들어가 있다는 것이다. 물을 붓고 뚜껑을 덮고 말했다. '이제 10분만 기다리면 돼요.'

집을 나서기 전 그는 말했다. '당신과 함께 있으면 참 평안해요.' 우리는 손을 맞잡았다. 예전에 그는 손이 땀을 조절하지 못해서 청소년 때부터 누군가의 손을 잡아야 할 때 얼마나 싫었는지, 나아가 그것이 콤플렉스가 되어서 굉장히 수줍음이 많았는지 이야기했다. 손을 잡은 건 우리일까 나일까. 살짝 손을 놓아보니 그의 손이 떨어지지 않는다. 다시 가볍게 손에 힘을 줬다. 가지 않으면 안 될 때까지, 그렇게 손을 잡았다.

그와 내가 영원할 거라고는 생각지 않는다. 안정을 붙잡은 것 같아서, 미래에 대한 어떤 약속이 있어서 행복한 게 아니다. 지금이 거짓이 아니라는 믿음, 그리고 바람 불면 날아가는 그런 가벼움이 아니라는 믿음에 행복하다. 적어도 '당신은 참 사랑스러운 사람이에요.'란 말을 단도로 쓰지는 않겠지. 모든 따뜻한 말들이 그 의미 그대로 남아 있겠지. 그리고 내가 이 사람의 침묵도, 다른 행동도 오직 이 사람의 것으로만 바라본다면, 과거에 다른 사람이 입힌 상처에 기대어 해석하지 않는다면, 충분하지 않을까.

가을 햇살 화사했던 주말과 달리 월요일은 온통 회색이었다. 커피를 마시면서 동료가 그리운 듯 푸념했다. '정말 이렇다니까, 스웨덴의 가을도 지난 주말처럼 아름다울 수 있어, 진짜 화사했지?' 나는 고개를 끄덕였다.

아이를 위로할 수 있다는 것

○   남이 들으면 웃기고
     본인이 들으면 아픈 어린이들의 말

　　　어린아이들의 솔직함에는 이유가 있다. 이런 말은
꼭 할 필요가 없고 오히려 상대방의 기분을 상하게 만들거
라고 생각할 수 있는 사회적 인식의 부족이다. 그래서 '임금
님은 벌거벗었네.'라고 외친 것도 아이다.

　　몇 년 전 동생이 둘째를 가졌을 때 남달리 엄마의 외모에
신경을 많이 쓰던 큰 조카는 엄마가 뚱뚱해진다고 투덜거
렸다. 동생은 아주 심각한 목소리로 이건 뚱뚱한 게 아니다,
아이를 가진 거다, 이런 여성의 모습은 아름다운 거라며 설
교했다. 둘째가 태어나고 몇 달이 지나서 점심을 먹는데 큰

조카가 불쑥 말했다. '엄마 이제 정말 슬프겠네요.' '왜?' '이제는 임신한 게 아니라 그냥 뚱뚱한 거잖아요.'

며칠 전에 놀이터에서 선물이랑 같이 있는데, 처음 보는 아이가 나를 손가락으로 가리키며 제 엄마에게 누구냐고 물었다. 아이의 엄마가 '저 남자아이의 엄마인가 봐.' 했더니 큰 목소리로, '절대 엄마일 리가 없어요, 난 저렇게 작은 엄마는 본 적이 없어요!'라고 한 5분간 반복해서 외쳐댔다. 언젠가 친구의 딸아이가 심각하게, '송이는 난쟁이는 아닌데 왜 이렇게 작아요?'라고 물어본 적도 있을 정도로 작은 나는 그냥 웃고 있는데 그 엄마는 굉장히 난감해하는 게 눈에 보였다.

소피아네 아이들도 말을 참 잘 한다. 대학 교수인 엄마가 다섯 살 된 쌍둥이 딸들한테 어떻게 패배했는가 하는 이야기를 들려줄 때마다 배를 잡고 웃는 나를 보고 소피아는 경고한다. '너도 이제 선물이가 말하기 시작해봐, 웃을 날이 얼마 남지 않았다.'

선물이는 다음 학기부터 언어 장애를 고치기 위해서 특별 훈련에 들어간다. 지난 여섯 달 동안에도 눈에 띄게 발전해 선생님들이 무척 기뻐하고 있다. 참 감사하다. 말만 많이는 게 아니라 사회성도 좋아져 다른 아이들과 곧잘 어울려 놀고, 어른들한테 인사도 잘 한다. 하지만 사회성이 발달하는 동시에 등골이 서늘해지는 일도 늘어날 예정이다. 어제 함께 외출하는데 바로 앞집 이웃사람들이 정원에서 차를 마시고 있었다. 선물이가 먼저 '헤이'라고 인사를 했다. 아줌마들이 반갑게 '어머 선물아, 안녕.' 하고 답하자 똥강아지가 말했다. '안녕 뚱뚱한 아줌마.' 작은 목소리로 흐릿하게 발음해 이웃 아줌마가 못 알아들은 게 어찌나 다행이던지. 휴, 이제 남의 일이 아니게 되나 보다.

○　　　**함께하여 주시옵시고**

　　　　갑작스레 세상을 등진 친구 장례식에 참석하고 왔
다. 이제는 소년이 아닌, 청년이 된 세 아들이 맨 앞줄에 앉
아 서로 어깨를 기대고 머리를 맞대며 함께 울고 있었다. 스
웨덴 사람 치고도 큰 이 청년들이 걸친 검은 정장이 갑자기
너무 커 보여서, 어쩐지 몸에 안 맞는 옷을 입은 어린아이들
같았다. 그래도 이 아이들은 이 끔찍한 고통을 함께 이겨나
가고 있구나. 선물이는 언젠가 이걸 혼자 해나가야 하는구
나. 엄마를 비롯해 이 생각을 들은 사람들은 다들 나보고 참
쓸데없는 걱정을 한다 말하지만, 정말 걱정이 된다.

그래서 유서도 생각해보고, 내게 무슨 일이 생기면 한국 가족들에게 연락해달라고 소피아에게 연락처까지 주었다. 헨릭은 이런 궁리에 가득 찬 날 보고 늘 선물이 어른 될 때까지는 안 죽는다고 하더니 이제 죽을 것도 계획하느냐며 타박했지만, 친구의 장례식에 다녀오고 나니 살겠다고 결심한다고 살 수 있는 건 아니라는 게 절박하게 와닿는다. 선물아, 혼자이게 해서 미안해.

이 여름 선물이의 감정이 성장하고 있다는 게 눈에 보인다. 엄마로서 정말 자랑스러운 건 선물이가 남과 나누는 걸 굉장히 좋아하는 아이라는 점이다. 보통 이맘때 아이들은 장난감 가지고 싸우는 게 자연스럽고, 또 외동아이들은 나누는 것에 익숙하지 못하다고들 하는데 선물이는 뭐든지 잘 나눠 갖는다. 단 한 번도 혼자서만 아이스크림이나 과자를 먹지 않았다. 그래서 우리 집에는 아이스크림을 얻어먹으러 오는 아이들이 있다. 물건도 마찬가지다. 요전에는 선물이의 새 자전거를 온 동네 애들이 돌려 탔다. 막상 선물이는 한 번도 못 타고 기다리고만 있더니 어느 순간 그냥 포기하고 돌아서는 아이의 뒷모습. 이럴 때면 엄마로서의 내 마음은 조금 다친다.

그러거나 말거나, 선물이의 나눔의 영역은 점점 넓어만 간다. 아침마다 아침 뽀뽀를 하는데, 며칠 전 일찍부터 동네 친구 산드라와 놀이터에 간 선물이를 찾아가 '아침 뽀뽀' 하면서 뽀뽀를 했다. 갑자기 아직 단어만 나열할 줄 하는 선물이가 그런다. '산드라 아침 뽀뽀.' '네가 산드라한테 아침 뽀뽀한다고?' 묻는 나에게 선물이가 다시 말한다. '엄마 산드라 아침 뽀뽀(해 주세요).'

선물이는 좋은 것은 뭐든 나누고 싶어 한다. 그렇게 선하게 크고 있다.

지난여름의 어느 날, 안 그러려고 했지만 나 자신에게 져 울고 있을 때, 선물이가 나랑 거북이를 보고 말했다. 불쌍한 엄마, 불쌍한 아빠, 불쌍한 선물이. 단순한 표현에 모든 것이 함축되어 있었다. 역시 아이는 표현하는 것보다 더 많은 것을 알고 느끼고 이해하고 있구나.

기도한다. 하나님, 선물이가 건강하고, 제가 건강하고, 제가 직장에서 죽 일하며 선물이를 잘 부양하게 해주세요. 그러면 제가 족하겠습니다. 그런데 본심은 그렇지 않다. 바라는 게 더 많다. 혼자가 아니고 싶다. 이 지긋지긋한 한 해 동안 정말 가족 없이 산다는 게 어떤 의미인지 느낀 이후 솔직히 가끔 겁이 난다. 어떻게 혼자 선물이를 키울까? 그 마음이 점점 커지면 순간 내가 불쌍해져서 자기 연민으로 운다. 세 형제가 나누어도 힘든 세상인데, 선물이는 어떨까 하는 생각에 또 운다. 하지만 방문을 열고 나서면 선물이가 내가 상상할 수 없는 모습의 레고 빌딩들을 지어놓았다. 내 놀란 얼굴에 씩 웃는 선물이, '잘했어 선물이.'라고 스스로 칭찬하는 선물이. 기도한다. 하나님, 우리와 함께하여 주십시오.

○　　**밥 같이 먹는 사람들**

　　　　호주에 사는 친구가 뜬금없이 사진을 보내란다.
내 휴대폰에는 선물이 사진만 있다. 생각해보면 다른 사람
의 휴대폰에도 내 사진은 없는 것 같다. 없다고 하는데 자꾸
보내란다. 대학 때부터 지금까지 알고 지냈지만 사진 보내
달란 말을 듣는 건 처음이다. '무슨 소리야, 왜?' 했더니 메
시지가 또 왔다. '야, 요즘 어떤 꼬락서니로 사나 좀 보자.'
전에 이야기를 하다 요새 정말 힘들어서 대학 때보다도 몸
무게가 덜 나간다고 푸념했더니 그 말이 걸렸나 보다.

　　결국 사진도 보내지 않았는데 메시지가 날라왔다. '살 좀

쩌라.' '너 나 살찌면 눈사람이라고 놀리잖아.' 문자 뒤로 친구의 웃는 소리가 들렸다. 친구는 지지 않고 메시지를 날렸다. '늙어서 살 없으면 추하다.' 받아주었다. '오래된 친구니까 살려둘 생각이다.'

   살이 빠졌다. 정말 아몬드 한 개만 먹어도 토하고 싶었다. 어느 순간부터 소피아가 매일 아침 물어온다. '아침 먹었어?' 거짓말할 수가 없다. 소피아는 내 얼굴을 순식간에 읽는다. 먹었다고 하면 뭘 먹었는지 또 묻는다. 시원치 않다고 생각하면, 빨리 내려가서 빵 사오라며 명령 아닌 명령을 한다. 매일매일, 네가 스스로 아침을 잘 챙겨 먹을래 아니면 이 질문을 죽을 때까지 들을래 하는 기세로 묻는다.

   어느 날 점심때, 동료들과 점심을 먹던 중 수잔이 느닷없이 '송이 너 그만 깨작거리고 그거 세 숟가락 더 먹어!'라고 말했다. 영문을 모르는 동료들이 쳐다보자 수잔은 천연덕스럽게 둘러댔다. '내가 얘랑 오래 일해서 아는데 스트레스 받으면 밥을 안 먹어요. 프로젝트하다 죽을 일 있냐? 밥 먹

어. 참, 너희들도 나 없을 때 송이가 밥 먹는지 안 먹는지 확인해.'

스테판은 같은 부서도 아닌데 일주일에 한 번씩 비싼 데서 점심을 먹자고 약속을 잡는다. 돈이 아까워서라도 점심을 좀 더 먹지 않을까 해서다. 매일 얼굴을 마주치진 않는 마데, 에밀리, 헬레나는 주말마다 번갈아 점심 먹으러 와라, 같이 간식 먹자, 저녁 먹으러 와라, 불러댄다. 친구들의 부름에 갑자기 매 주말마다 아이를 데리고 다닐 곳이 생겼다.

이혼하자는 말에 거북이는 그랬다. '너는 이제 정말 혼자가 될 거야.' 하지만 이혼 절차를 거치면서 확실히 안 게 하나 있다. 이 사람들은 나의 친구다. 나는 지금 친구들과 함께 있다.

○   케이크는 기다리는 것

올가가 나의 케이크를 처음 먹었을 때 어떤 반응을
했는지 듣고 그녀에 대해서 두 가지를 알게 되었다. 하나,
올가는 나처럼 잘 운다. 둘, 올가는 하나를 받으면 두 개는
주어야 빚진 기분을 떨칠 수 있는 사람이다.

헨릭이 학위를 마칠 때, 스웨덴이 졸업식 없는 나라라지
만 이런 때는 한국식으로 그래도 뭔가 해줄 거라고 (너의 의
지와는 상관없이!) 했더니 헨릭은 케이크를 구워달라고 했다.
그래서 헨릭이 좋아하는 사세 케이크를 약간 레시피를 다

르게 해서 만들어 선물로 보냈다. 다음 날 만나자 헨릭은 환하게 미소 지으며 케이크가 정말 성공적이었다고 말했다. 케이크는 만들며 맛을 볼 수 없는 괴상한 음식이라 늘 조금은 불안한데 맛있다는 말에 어린아이처럼 손뼉 치며 좋아했더니 좀 더 말해준다. '그 케이크를 먹으면서 우리 엄마는 울었어.' '왜?' '몰라, 원래 우리 엄마 잘 울어. 엄마는 벌써 너한테 뭔가 답례를 하고 싶다고, 무슨 선물을 해야 하나 걱정이라니까. 알아서 할 테니까 걱정은 그만두라고 했지.'

올가는 내 케이크를 두 번 더 먹었다. 헨릭 생일 때, 그리고 지난겨울, 헨릭네 가족이 여행 가고 빈 집을 빌려주었을 때다. 헨릭네가 휴가에서 돌아오고 이틀 후면 송년파티 하러 친척들이 모이는 걸 알았기에 적어도 디저트는 안 만들어도 되도록 케이크를 구워놓았다. 그리고 메모를 남겼다. '이 케이크를 제대로 즐기려면 내일이나 모레까지 기다리셔야 합니다.'

얼마 전 있었던 올가의 생일날 헨릭과 싸우던 중이라 그냥 책을 한 권 사서 선물로 전해드리고 문자를 보냈다. '내년에는 케이크를 구워드릴게요.' 그리고 예상 못한 답변을 받았다. '일 년이나 기다려야 한다니.' '설마요, 중간에 헨릭 생일도 있고, 크리스마스도 있고, 빨리 건강을 되찾으세요. 그러면 선물이랑 케이크 들고 찾아갈게요.' 올가의 문자는 거기서 끝나지 않았다. '헨릭이 이번 주말에 스톡홀름에만 가지 않는다면 너희가 올 수 있을 텐데. 다음 주말은 어떠니?'

이쯤 되면 올가는 올가의 사회문화적 협약이 허용하는 한계 내에서 최고로 강하게 부탁한 셈이다. '우리 집에 케이크 구워와다오.'라고 말하지 못하는 사람이라는 걸 안다. '다음 주에는 제가 스톡홀름에 여행 가요. 헨릭은 꼭 이번 주에 가야만 한대요?' 그 후에 헨릭까지 끌어들여져 오간 많고 많은 메시지들과 긴 통화들을 요약하자면 이렇다. '도대체 여태까지 둘이 잘 놀았으면서 왜 내가 꼭 끼어 있어야 한다는 거야, (나도 몰라, 아마 우리 수다 떠는 동안 너 애 보라고?) 아무튼 두 여자들 때문에 내가 여행도 못 가요.' 헨릭은 투덜거리면서 스톡홀름 행을 취소했고 나는 초콜릿 딸기 무스 케이크를 구웠다.

소피아는 케이크보다 쿠키 굽는 게 좋다고 한다. 금방 구워서 당장 먹을 수 있으니까. 케이크는 준비하고 굽는데 시간도 많이 걸리고, 최선의 맛을 보고 싶다면 좀 기다려야 한다. 지난겨울에 만든 '헨릭 취향의 조합'이라고 내가 이름 붙인 케이크는 완성한 다음 이틀은 있어야 제맛이 난다. 한편 트위기무스 케이크는 만드는 데만 이틀이 걸린다. 시간 들어가기로는 캐러멜 넣은 치즈케이크도 만만치 않다. 캐러멜부터 직접 만들어야 하는데, 연유 한 캔을 서너 시간 동안 약한 불에 끓이면 돌체 데 레체(dulce de leche)라는 세상에서 제일 맛있는 캐러멜이 된다. 돌체 데 레체를 만드는 데만 세 시간이 걸린다고 하니 소피아는 꽥 소리를 질렀었지. 사실 이런 케이크는 서서 뭔가 하는 시간은 짧은데 기다리는 시간이 길다.

오히려 그래서 케이크를 굽는 게 더 좋다. 하나하나, 짧은 순간들을 지나가면서 이 모든 순간들이 다 끝나면 어떤 케이크가 완성될지 생각하는 즐거움, 그리고 그 순간순간마다 이 케이크를 받을 대상을 생각하는 즐거움. 그래서 모든 케이크는 이야기가 된다.

엄마를 닮아서 선물이도 케이크 굽는 걸 좋아한다. 특히 무스를 만드는 건 선물이가 꼭 도와준다. 딸기 무스를 초콜릿 브라우니 위에 얹어 놓고 선물이와 딸기로 장식했다. 다 만들었다고 좋아하는 아이에게 이 케이크는 세 시에 옆가네 가서 먹을 거라고 하니 전혀 이해 못하겠다는 표정이다. 지금도 자꾸만 기회를 엿보고 있다. 선물이 안 돼!

○ 같은 마음이었다

눈을 감고 이불 밑에서 꼼짝도 안 하는 아이에게 말했다. '크리스마스트리 밑에 선물이 있는지 안 볼 거니?' 아이는 건전지 선전에 나오는 토끼인형처럼 벌떡 일어나서 다다닥 달려나간다. 어제까지만 해도 에밀리가 미리 준 선물이 한 개 놓여 있을 뿐이었는데, 아이 이름이 쓰인 선물이 두 개 더, S의 이름이 쓰인 선물도 하나 트리 밑에 있다는 걸 발견하자 아이는 손뼉을 친다. 며칠 전부터 에밀리의 선물을 만지작거리던 아이에게 선물은 크리스마스이브 때 점심을 먹고 나면 여는 거라고 몇 번을 말했더니, 보통 때 먹기 싫다며 투정 부리는 아침을 순식간에 먹어버리고는 이게 점심이란다. 웃으며 고개를 젓자 한숨짓는 아이.

점심때 S가 왔다. 커다란 선물을 세 개나 사서. 트리 아래 두고 다 함께 사진을 찍자고 했더니 신난다고 팔짝팔짝 뛰느라 사진 속의 아이는 플라밍고처럼 한 발로만 서 있다.

크리스마스 점심은 스웨덴식이 아니라 내 방식대로 차렸다. 어제 잠시 들르겠다던 S는 감자 요리를 안고 나타났다. '아무래도 당신이 다 준비할 거 같아서, 이걸 만들어봤어요. 마음에 들면 크리스마스 점심에 먹을까요?' 그에게서 오븐에서 갓 나온 감자 요리 같은 온기가 느껴졌다. 로즈마리와 백리향, 마늘, 올리브오일과 발사믹식초로 재워두었던 양고기 구이, 샐러드, 그리고 S의 감자 요리와 아이가 먹을 미트볼까지 우리의 크리스마스 식탁은 단순하고 따스했다.

점심을 먹고 나서 드디어 선물을 풀었다. 아이는 포장을 뜯으며 소리를 꺅꺅 지르고 선물을 꼭 안아보고, S와 나에게도 각자의 이름이 써진 선물을 내밀며 열어보라고 재촉

했다. 선물을 푸는 S에게 조근조근 설명했다.

'이건 당신이 내년에도 스웨덴에 있을 거라는 걸 알기 전에 내가 산 건데요, 음, 스웨덴은 공예가 유명하잖아요. 목각, 유리, 그리고 놋쇠 공예도 유명해요. 이건 스쿨튜나(Skultuna)라고, 왕실에 물건을 보내는 회사 제품이에요. 1607년에 시작했대요. 이 왕관 문양, 보이죠? 이건 왕실의 물건을 만드는 회사만 쓸 수 있는 거예요. 그리고 이건 이 회사의 예전 공장 모형이에요. 불에 탔다고 해요. 재미있죠, 여기 초를 넣으면 마치 정말 불에 타는 거 같잖아요.

'그러니까 이걸 고른 건… 당신이 혹시 집에 돌아갈 수도 있으니까 가벼우면서도 굉장히 스웨덴적인 걸 사주고 싶었어요. 저기 봐요. 내 것도 하나 샀거든요. 우리 둘이 같은 걸 가지고 있으면 좋겠다고 생각했어요.'

내 말에 귀 기울이며 요리조리 촛대를 살펴보던 그는 눈을 떼지 않은 채 말했다. '정말 마음에 들어요.' 그는 한마디로도 충분히 마음을 전할 줄 안다. 무언가 공부하는 걸 좋아하는 그는 아마 이 회사에 대해서도 공부할 것이다.

181

S가 아이에게 준 선물은 헬리콥터였다. (며칠 전에 사달라며 조르던 선물이에게 아직 어려서 안 된다고 했던 바로 그 물건이었다!) 아이는 입꼬리가 양쪽 귀에 닿을 지경이었지만 S는 그답게 선물해놓고도 아직은 이른 게 아닐까 걱정스러운 얼굴을 했다. 내가 받은 선물은 두 개다. 하나는 린셰핑에서 유명한 치즈 가게의 선물상자였다. 온갖 종류의 치즈, 크래커, 과자, 초콜릿이 가득 담겨 있었다. '타이완에서 돌아와서 내가 살쪄 있으면 당신 때문인 줄 알아요.' 그는 그저 웃는다. 다음 선물을 열어보니 여우 헝겊 인형이다. 이번에는 그가 설명한다. '당신이 소파를 바꾸었을 때 생각했어요. 이런 인형을 하나 사주고 싶다고. 음 왜냐하면, 나도 타이완 집에 인형이 하나 있어요. 똑같은 거예요. 여기 사진 보이죠. 퇴근하고 돌아오면 이 마사지 의자에 앉아서, 이 인형을 끌어안고 텔레비전을 보거든요. 그냥, 내가 좋아하는 인형이어서, 안고 있으면 편안해서.' 그는 타이완에 다녀왔던 시월부터 크리스마스를 준비했나 보다. 쿠션을 가만히 안아보았다. 포근했다.

아이는 잠이 들고 함께 소파에 앉아 영화를 보던 중 무언가 스쳤다. '생각해보니까, 우리는 둘 다 아직 당신이 더 있게 될지도 모르던 때, 크리스마스가 한참 멀었던 때 서로의 선물을 샀네요. 자기가 갖고 있는 것과 꼭 같은 것으로.' 그와 눈을 마주쳤다. '정말 그래요. 우린 같은 생각, 같은 이유로 선물을 골랐군요.' 그가 가만히 내 어깨를 끌어안았다.

26일 새벽, 그는 삼 주가 넘는 출장을 떠났다. 공항으로 향하는 택시에 올라 그는 메시지를 남겼다. 정말 행복한 크리스마스였다고.

아이는 선물 받은 WII의 저스트 댄스를 틀고 나를 불렀다. 한참 같이 춤을 추다가 말을 건넸다.

'이번 크리스마스 참 행복했지.'

'응, 엄청 좋았어. 엄마.'

우리의 첫 진짜 크리스마스는 감사와 사랑과 행복과 평온으로 가득했다.

○　　피카 한번 하세요

　　여름휴가가 시작되기 전 마지막 주다. 동료들은 벌써 지난주 하지를 맞이하여 휴가를 시작해서 부서에 나온 사람은 넷뿐이다. 아이 아빠가 아이를 돌보기로 했지만 면접이 있단다. 그래서 오늘은 선물이도 같이 출근했다.

　　여기서는 이렇게 아이를 데리고 출근하는 게 이상하지 않다. 엄마 아빠 직장에 따라가는 날도 있고, 연구원이나 교수들은 어쩔 수 없으면 애들을 데리고 오는 경우가 종종 있다. 깨어 있는 시간들의 절반 정도를 함께하며 이런저런 일상을 나누던 사람의 아이가 직장에 오면 동료들의 얼굴이 밝아진다. 아 너구나, 너 이만큼 컸구나.

아이를 데려와도 보통 조용하다. 이따금 아주 어린 아이들이 오면, 어른들만의 공간이던 곳에 아이가 만드는 소리는 신기하게 느껴진다. 하지만 아이를 데리고 온다는 건 늘 쉽지는 않아서, 가끔 우스운 에피소드도 있다.

개인 사무실에서 아이랑 있는 건 특별히 어려울 일이 없지만, 가끔 미팅에도 데려와야 할 때가 있다. 이때 아이는 아무래도 아이다. 며칠 전에 세미나에 동료 한 명이 아이와 함께 왔다. 토론이 본격적으로 오가기 시작하자 아이가 큰 소리로 외쳤다. '나 영화 보는 데 방해되잖아요! 다들 조용히 해주세요!' 아이 아빠는 토론의 주제인 논문계획서에 대한 자기 의견만 말하고 서둘러 애를 데리고 나갔다.

선물이는 그림 한 장 그리더니 벌써 심심한가 보다. 하긴 아이들이 대학이란 직장에 다녀갔다가 하는 말은 대부분이 한마디로 수렴된다고 한다. '정말 재미없는 직장이야.' 그래도 좀 있으면 피카 타임이다. 스웨덴 생활에서 제일 중요한(!) 커피 마시는 시간. 대개 직장 내 피카는 하루에 두 번이고, 우리 부서는 아침 9시 45분에 한 번, 그리고 오후 3시쯤 또 한 번 있다. 이러다 보니 스웨덴 사람들의 커피 소비량은 세계 2위다. 그때 사람들은 정보를 나누고 동료들과 가까워진다. 한때 알던 미국인 학생은 스웨덴 직장을 다녀 보니 스웨덴인이 아닌 사람이 이 사회에 포함되려면 더욱 중요한 시간이라 했었다.

직장에서 피카 때는 보통 커피만 마신다. 그런데 우리 부서에는 월요일 클럽이 있다. 뭐 대단한 건 아니다. 어느 날 출근해보니 워낙 월요일에 출근하는 사람들이 적어서 나와 있는 동료들 간식을 사주어도 부담스럽지 않을 것 같았다. 그때부터 나는 월요일 클럽이라며 빵을 사왔다. 그랬더니 어느 순간 자연스럽게 다른 동료들도 돌아가면서 계피가 들어간 불레나 바닐라 크림이 들어간 빵을 사오기 시작했다. 누가 순번을 정한 것도 아닌데 말이다. 심심하다는 선물이에게 조금 있으면 피카 타임이라고, 그러면 간식빵을 사서 엄마 친구들이랑 같이 먹자 했더니 선물이는 바로 눈을 반짝거리며 누구한테 어떤 빵을 사줄까 정해놨다. 옆방의 니나가 지나가며 오늘은 자기가 대접하겠다길래 말했다. '오늘은 선물이가 빵 산다고 했어요.' 니나는 웃으면서 그러면 다음 기회를 노리겠다고 했다. 빵 사러 나가야지.

다들 피카 한번 하세요.

○　　　**지칠 때는 돈가스**

　　　이번 주말에는 뭘 해먹을까 묻자 그는 당신이 고르라고 말했다. 이번 주처럼 두 사람 다 일이 몰려 있을 때는 메뉴를 고르는 것도 일이다. 처음에는 그냥 지난번에 잘 먹은 고추잡채를 할까 하다가 갑자기 돈가스가 먹고 싶다는 생각이 들었다. 튀긴 음식을 그다지 좋아하지도 않고, 만드는 건 더더욱 번거로운데 말이다. 가끔 이렇게 돈가스 생각이 난다. 아프거나 힘들 때면 먹고 싶은 음식이다.

　어렸을 때 오른손 네 번째 손가락에 사마귀가 생겼다. 약을 바르면 낫는가 싶다가 이내 자랐고 멈칫하는 것 같다가도 다시 커졌다. 보기에도 안 좋고 나중에는 손톱 모양까지 어그러졌다. 청량리 성모병원 피부과에 갔더니 냉동치료를 받아야 한다고 했다. 말 그대로 사마귀를 냉동시켜서 제거하는 치료였다. 생살을 수백 개의 뾰족한 얼음 화살들이 콕콕콕 찌르니 어찌나 아팠는지 소리 내어 울었다. 꽤 긴 기간 동안 그 치료를 일주일에 한 번씩 받았다. 치료가 끝나면 엄마는 지금은 사라진 청량리 미도파 백화점 지하에서 돈가스를 사주셨다. 외식을 거의 하지 않았고 경양식은 더욱이 생소했던 그때, 엄마는 나를 돈가스로 위로했다.

지금도 생생하게 떠오르는 거의 막바지에 받은 치료는 유독 아파서 나는 울고불고 난리를 피웠다. 내 한 손을 잡고 있던 엄마는 어떻게든 울음을 그치게 해야 한다는 생각이었는지 다른 한 손으로 내 등을 쳤다. 치료만 해도 아픈데 엄마한테 맞기까지 했으니 얼마나 억울했던지. 서운하고 억울해서 더 울었다. 치료를 마치고 아무 말 않던 나와, 역시 아무 말 없던 엄마는 침묵 속에 지하로 내려가 그날도 돈가스를 먹었다.

내 또래 사람들에게 처음으로 먹은 경양식이 뭐냐고 물으면 대부분 돈가스라고 말하지 않을까 싶다. 지금 보면 참 이상한 음식이다. 일본 음식인데 왜 한때는 서양 음식의 대표였는지. 그 시절 돈가스를 시키면 꼭 '밥을 드실래요, 빵을 드실래요?'라는 이상한 질문을 당연한 것처럼 던지고, 밥을 주문하면 뭘 모르는 사람처럼 대했다. 대학 다닐 때만 해도 사정은 크게 다르지 않아서, 당시 친했던 영국인 친구도 의아해했다. '왜 한국 사람들은 서양의 밥이 빵이라고 생각하지? 감자라고 감자! 이태리는 파스타고.' 그때를 떠올리면 스프레이 뿌려 앞머리를 올리지 않으면 촌스럽다고 생각했던 시절의 사진을 볼 때 같은 그런 웃음이 난다.

돈가스용으로 고기를 썰어 파는 곳이 없으니, 슈퍼마켓의 정육 코너에서 적당한 부위를 골라와 칼집을 내고, 양파 즙과 허브, 소금, 후추, 생강가루로 양념을 해 재웠다. 돈가스는 튀기는 음식 중 제일 쉽다. 큰 덩어리를 한번만 튀기면 되니까. 나는 전분의 뽀드득거림을 싫어해서 돈가스는 전분을 쓰지 않는다는 것도 좋다. 준비된 기름에 넣으려는 참에 벨이 울렸다. 그는 예고도 없이 파이를 구워왔다. 테이블에 앉아 돈가스를 입에 넣는 순간, 맛있는 걸 먹으면 늘 그렇듯 그의 동그란 눈이 더 동그래졌다.

밥알 하나 안 남기고 다 먹은 그와 차를 마시면서 버거웠던 서로의 한 주를 나누었다. 다음 목요일에 타이완에 이 주가 넘는 출장으로 돌아가는 그의 얼굴에는 생각이 묻어 있었다. 우리는 마치 상대방을 지탱해주려는 듯 서로에게 기대어 앉았다. 얼굴을 바라보고 웃었다. 살짝 힘주어 손을 잡았다.

ㅇ   아이를 위로할 수 있다는 것

선물이는 잘 울지 않는다. 선물이가 이 주쯤 되었을 때 아기 봐주러 왔던 엄마가 말했다. '난 이렇게 많이 자기는 정말 오래간만이다.' 그때 선물이는 정말 먹고 자고 먹고 자고만 했다. 가끔 낑낑댈 뿐이었다. 정말 천사 같은 아이였다. 그런 선물이가 울 때는 주로 세 가지 이유다.

먼저 아플 때 ─ 선물이는 굉장히 건강한 편이다. 마지막으로 소아과를 간지도 일 년이 넘었다. 넘어지거나 해도 별로 아프지 않은가 보다. 작은 원숭이라고 불릴 정도로 걷기 시작할 때부터 어디든지 올라갔다. 이따금 선물이가 넘어지면 악 소리 지르며 놀라는 엄마를 정작 아이는 뭐 이걸 가지고 그러시나 하는 태연자약한 얼굴로 바라본다. 아파서 울 때는 정말 거의 없다. 그래서 아이가 아프다고 울면 굉장히 겁이 난다. 어디가 심각하게 아프구나. 며칠 전 유치원에서 선물이가 징징댄다고. 애가 이러지 않는데 이상하다고 해서 노심초사하며 데리러 갔다. 도착했을 때 애는 별일 없이 카드놀이에 열중하고 있었다. 선생님은 '아까 열이 있는 듯 했는데…'라며 말꼬리를 흐지부지했다. 결론은 변비였다.

그다음은 떼를 부릴 때 — 아이가 자라면서 점점 떼가 는다. 밖에 나가서는 완전히 모범적인 아들이다. 좀처럼 고집도 부리지 않는다. 식사 때 자기 몫을 다 먹고 나서도 의자에 가만히 앉아 있다. 올가는 이런 애 처음 봤다고, 예의바르다고 하는데 집에서는 역시 떼를 쓴다. 거실 한복판에 누워서 큰 소리로 울고 있는 아이를 보면 우선 숨을 크게 쉬고, 이제 무거워서 들기 참 힘든 아이를 업어다 자기 방 침대 위에 내려놓는다. 한 2, 3분 지난 뒤에 다 울었니 물어보면, 다시 힘을 주어 운다. 요즘에는 컸다고 떼쓰고 싶으면 제 발로 방에 들어가 큰 소리로 운다.

마지막으로 잘못했을 때 — 선물이 스스로 알고 있다. 자기가 잘못했다는 걸. 이때의 울음은 좀 다르다. 우선 입꼬리가 내려가고 눈이 두 배로 커지며 닭똥 같은 눈물이 주르르 흐른다. 그리고는 품에 안겨서 내 손을 자기 얼굴에 가져다 대고 눈물을 닦아달란다. 화를 낼 수가 없다. 150센티미터가 안 되는 키에 40킬로그램을 겨우 넘는 엄마의 품이 점점 좁아져 안기는 것도 쉽지 않으니 이제는 그냥 옆에 와 앉아서 내 손을 자기 눈으로 가져간다. 어깨를 흔들면서 우는 아이에게 그러니까 다음에는 그러지 말라며 머리에 입 맞추고, 안아주고, 다독거린다. 어느새 언제 그랬냐는 듯이 번쩍 일어나서 자기 방으로 뛰어가는 아이를 보면 정말 귀엽다.

선물이가 자폐아 판정을 받고 나자 어린이 재활기관(Barn habilitering)에서 부모 교육을 제공했다. 프로그램에 참가하면 자폐증 판정을 받은 아이들의 부모들을 모아놓고 자폐중에 대해 설명하고, 자폐아 아이들이 어떻게 세상을 이해하며 어떻게 아이들과 소통해야 하는지 등을 알려준다. 또 관련 서적이나 앱을 소개하기도 한다. 부모들이 자신의 경험을 나누는 시간도 있다.

자폐라는 진단의 스펙트럼이 워낙 넓기 때문에 부모들의 이야기는 서로 많이 다르다. 지난주 부모 교육에서 한 엄마는 자신의 아이는 울기 시작하면 누구도 아이를 위로해주거나 진정시킬 수가 없다고 했다. 아이를 안을 수조차 없다고, 어떻게 해야 아이를 진정시킬 수 있냐고.

아이를 안는 것도 허락되지 않는 엄마의 목소리에는 울음이 있었다.

선물이에게 손을 내어주는 것만으로, 안아주는 것 하나로 위로할 수 있어서 감사하다.

스웨덴에서, 나는 혼자가 아니다

○   하지는 좋아하는 사람들과 함께

　　20일은 하지다. 여기서는 그렇다. 스웨덴어로는 미드솜마르(Midsommar)라고 한다. 스웨덴에서 하지는 우리나라의 추석 같은 느낌이다. 크리스마스 다음으로 큰 명절이다. 그런데 스웨덴에서는 하지 당일보다는 그 전날을 더 크게 친다. 하지 전날, 크리스마스 전날이 명절 당일보다 더 의미가 크고 대표적인 명절 행사랄 만한 것도 이때 이루어진다.

　　사실 여태까지 하지를 별로 즐기지 못했다. 하지는 스웨덴 사람들이 다 아는 술 마시는 명절이고, 실제로 교통사고

등 알콜과 관련된 사고가 제일 많은 날이다. 그에 걸맞게도 하지는 가족이 아닌 친구들과 보내는 날인데, 거북이랑 사는 동안 예전에 하지를 함께 보내던 친구들은 점점 하지가 돌아와도 연락하지 않았다. 그 이유를 알고 있기에 나도 그들을 초대하지 않았다. 이번 하지는 선물이랑 단둘이 보내나 했는데, 소피아 가족이 초대해서 드디어 하지를 하지답게 보냈다.

소피아는 전철로 5분 거리에 살고 있다. 몇 번 간 적 있는 소피아네에 도착하자마자 선물이는 소피아의 쌍둥이들 엘사, 그레타와 어울려 놀기 시작했다. 비 온다고 집에 있겠다는 아이들을 이끌고 놀이터에 가 미드솜마르스퇴(midsommarstång), 혹은 마이스퇴(majstång)이라 불리는 꽃으로 장식된 나무장대를 가운데 두고 돌아가며 노래도 부르고 춤도 추었다. '그래도 하지잖아.'라며.

하지 때는 보통 날씨가 나쁘다. 스웨덴 사람들은 하지에만큼은 비가 좀 오고 으슬으슬해도 무리해가며 꼭 밖에서 식사를 하려들고 이런 모습을 스스로 농담거리로 삼는다.

우리도 아이들을 이끌고 전통 행사까지는 했지만 조금 더 지나자 날씨가 궂은 걸 넘어서 비가 주룩주룩 오기 시작했다. 소피아 부부와 나는 일찌감치 포기하고 실내에 상을 차렸다. 하지는 절인 청어와 햇감자를 먹는 날이기도 하지만 아무도 절인 청어를 좋아하지 않아 하지의 식탁에는 소피아가 빗속에서 우산을 쓰고 바비큐한 닭고기와 햇감자 샐러드, 여름 채소가 들어간 파이가 올라왔다. 후식으로는 내가 구워간 딸기 무스 화이트 초콜릿 케이크와 달콤한 생딸기를 먹었다. 스웨덴에서 딸기는 여름을 상징하는 과일이라 하지에 꼭 챙겨 먹는다. 돌아오는 기차 안에서 선물이는 소피아, 엘사, 그레타, 스테판 이름을 하나씩 부르며 안녕, 안녕, 읊조렸다.

이혼하고 나서 어떤 의미에서는 내 사교 생활은 훨씬 나아졌다. 친구들도 이제 편안하게 나를 초대하고 나도 그들을 별 고민 없이 초대할 수 있다.

갈수록 혼자라는 게 힘들다. 남편이 없어서 혼자인 게 아니라 가족이 없어서 혼자인 것이. 외국도 아니라 스웨덴 내에서 좀 떨어진 곳으로 이사 간 친구가 부모님 계신 이 도시로 되돌아올 생각이라며 말했다.'나이가 들수록 가족 가까이 살아야 해.' 나 역시 지금 이 나이 정도에 결정을 했다면 아마 혼자 이렇게 스웨덴에 오진 않았겠지. 그래도 감사를 먼저 찾고 싶다. 이곳에는 이런 날에 나와 선물이를 떠올리는 친구들이 있다.

아이와 함께 소피아 가족의 이름을 하나씩 읊조린다. 소피아, 엘사, 그레타, 스테판 오늘 고마웠어, 금방 또 만나.

O   **엄마 아이스크림은**
      밥이 아니야

　　며칠 전에 길을 걷고 있는데 뜬금없이 선물이가 말했다. '엄마 케이크는 밥이 아니야.' '응 케익은 밥이 아니야.' 라고 답한 뒤에 이 또래는 분류를 연습하는 게 좋다던 말이 생각나서 '미트볼은?'이라고 물으니까 아이가 '미트볼은 밥이야' 라고 답한다. '그럼 파스타는?' '파스타는 밥이야.' 이렇게 주고받으며 걸어가다가 하나 더 물어본다. '그럼 아이스크림은?' 선물이는 과자나 사탕은 별로 좋아하지 않는데 아이스크림은 정말 좋아한다. '엄마, 아이스크림은 아니야.'라고 말하는 아이 대답에 다행이다 생각하는 순간 아

이가 덧붙인다. '아이스크림은 멜란몰(mellanmål, 간식)이야.'

멜란몰(mellanmål)은 간식보다는 좀 더 좁은 의미를 갖고 있다. mellan(사이)와 mål(식사)가 결합된 단어로, 스웨덴에서 아침과 점심 사이, 혹은 점심과 저녁 사이에 먹는 샌드위치나 요거트 또는 과일을 칭한다. 선물이 유치원에서는 늘 2시 30분쯤 멜란몰을 준다. 그러니까 선물이 말인즉슨, 아이스크림도 멜란몰처럼 매일매일 먹어도 되는 음식이란 뜻이다. 얼마나 열심히 머리를 굴렸던지. 선물이는 은근히 웃긴다.

이제 여름이 온다. 스웨덴의 여름은 좋을 때는 기온이 27~30도 정도이며, 습도가 낮아 끈적거리지 않는다. 이런 여름이면 도대체 왜 스웨덴 사람들이 여름에 태국이나 터키 같은 곳으로 놀러가는지 이해가 안 간다. 그런데 이번 여름이 좋으리라는 보장은 없다. 어떤 여름은 비만 하염없이 내린다. 그러면 어둠이 여지없이 계속될 겨울을 앞둔 입장에서 한숨만 나올 뿐이다. 그러니 미리미리 여름 여행을 계획한다. 이제 여름의 시작인데 어쩐지 올해 여름에는 비가 많이 올 것 같다. 비 오는 것과 아이스크림 먹는 건 아무 상관이 없다고 선물이는 생각하겠지.

여름 동안 아이는 또 얼마나 자랄까? 선물아 네 생각을 들려주렴. 네가 보는 세상을 엄마도 경험하고 싶어.

○   생활 속 가까움을 보여주는
       작은 장면들

〈너의 목소리가 들려〉라는 드라마를 재미있게 봤다. 오글거리는 재판 장면들이나 아무리 생각해도 이해할 수 없는 등장인물들의 사고방식에도 불구하고 말이다. 하지만 60분짜리 드라마를 갈수록 빨리 돌려가며 급기야는 15분만에 다 보기 시작했고, 절반 회차쯤 지나고 나서는 시청을 중단했다. 그러고 나니 스스로 좀 의아해졌다. 아니, 뭐 때문에 내가 이걸 이렇게 열심히 봤던 거지?

휴가라 시간이 있었고 한국말이 그리워서이기도 했지만, 아무래도 드라마의 엄마 때문이다! 내 눈에는 엄마 역을 하는 배우가 우리 엄마랑 닮았다. 그리고 드라마에서 주인공 모녀의 모습이 너무 좋았다. 방금 전까지 으르렁거리다가도 그다음 순간에는 어디 아프냐며 걱정에 가득 차서 서로를 살피는 두 사람.

이 드라마의 매력은 그런 작고 섬세한 따뜻함이었다. 회가 지나갈수록 드라마는 주인공들의 백허그니 키스니, 연애의 달달함을 열심히 묘사했지만 그런 장면들은 별 재미가 없었다. 오히려 두 인물이 초기 서로의 존재에 익숙해지는 걸 보여주는 장면들이 훨씬 설레고 와닿았다. 마치 오랫동안 호흡을 맞춰 상대방의 육체도 자신의 것인듯 춤추는 두 무용수처럼, 서로 무슨 말을 하기도 전에 수하(남자주인공)가 혜성(여주인공)이 필요한 걸 미리미리 해주는 장면들이 뇌리에 남았다. 물병을 따거나, 깻잎을 가져가기 쉽게 젓가락으로 잡아주는 그런 아주 사소한 동작들이 무척 따스했다. 혜성이의 엄마가 돌아가시고 발로 이불 빨래할 때, 울고 짜증을 내면서 위로하려는 수하의 손길을 뿌리치다가도 수하에게 '발 씻고 들어와, 안 그러면 더 더러워져.'라고 말하는 장면도 좋았다.

　나는 내 생활에서도 이런 장면들을 수집한다. 난 내 친한 친구들이 아주 작은 행동으로 가까움을 표현했던 순간을 일기에 남긴다. 타인과 나의 경계가 뚜렷한 이곳에서, 나는 친구들이 언제 내 접시에 있는 음식을 먹었는지 기억한다. 처음에는 손도 안 댄 음식 좀 가져가라고 해도 Behave yourself!(말도 안 되는 소리!)라고 하는 듯한 표정으로 바라보던 친구들이 요즘에는 스스럼없이 내 접시에 남아 있는 감자튀김을 집어먹는 걸 보면 신기하기까지 하다. 지난겨울 헨릭이 점심을 먹으러 왔을 때였다. 목이 마르다며 탄산수가 없냐고 묻기에 계속 새우를 손질하며 무심코 있으니 마시라고 했다. 헨릭은 냉장고에서 물을 꺼내고 찬장에서 컵을 내려 물을 따라 마시며 말했다. '이거 알아? 남의 집 냉장고를 여는 거 흔한 일 아니다. 보통은 기다리잖아. 집주인이 손님한테 꺼내줄 때까지.' 그 말을 하며 그는 뿌듯하다는 듯 미소 지었다. 나도 따라 웃으면서 대답했다. '정말, 너 이제 손님 아니다.' 언젠가 집에 놀러온 오사가 커피를 꺼내며 물었다. '너도 마실 거지?' 응,이라고 대답하려던 순간 같은 질문이 우리의 머리에 떠올랐다. 잠깐, 이게 누구집이지? 함께 깔깔 웃었다.

어릴 때 읽었던 아가사 크리스티 소설에서 탐정 할머니 미스 마플은 한 인물이 자연스럽게 또 다른 인물의 옷깃을 바로잡아주는 것을 보고 이 사람들이 예전에 연인관계였다는 걸 깨닫는다. 작은 행동들이, 언제, 어떻게 바뀌었는지 아무도 모른 채 변화한 그런 행동들이, 생각하기 전에 먼저 나오는 행동들이 관계에 대해 많은 걸 말한다. 그리고 이런 나의 움직임을 읽어주던 사람들이 사라지면 그게 얼마나 큰 의미였는지 깨닫게 된다. 누군가와 가깝다는 건 크고 대단한 비밀을 나누어서가 아니다. 서로의 작은 습관들을 기억할 때, 나와 남의 간격을 지키라고 만들어놓은 작은 선들이 그 쓸모를 잃고 자연스레 지워졌을 때가 아닐까.

○　이웃집 사과 도둑

　　　　우리 집에는 이 년마다 한 번씩 열매를 맺는 사과 나무가 있다. 향기도 좋고 잔뜩 열리지만 막상 먹으려고 하면 푸석푸석하고 파이로 구울 수도 없는 그런 사과다. 지금 익었다. 며칠 전 창밖을 보니 우리 집 담장 너머 길가에 낯선 사람 둘이서 아예 사다리를 가지고 와서 사과를 따고 있었다. 정원으로 난 문을 여는 소리가 나자 두 사람은 후다닥 사다리를 접었다. 재빨리 외쳤다. '들어와서 더 따세요.' '뭐라고요?' '아 들어오셔서 더 따세요, 우린 이 사과로 아무것도 안 해요.' 그러자 두 사람이 주춤거리며 들어왔다. 남자는 다시 사다리를 펴 나무에 올랐다. 여자는 멋쩍은지 지난 번에 이 사과를 가지고 사과 무스를 만들었는데 맛있었다고 알려주었다. 모르는 사람들이 처음 보는 행동을 하는 걸 보자 선물이가 해맑은 얼굴로 나와서 여자에게 사과를 하나 달라고 했다. 남자는 선물이 손에 딱 맞는 조그마한 푸른 사과를 주었다.

사과를 꼭 쥐고 들여다보고 냄새도 맡던 선물이가 요즘 스카이프로 연락하는 내 한국 친구 J에게 전화를 하잖나. 일하다가 답한 J의 얼굴이 스크린에 뜨자마자 선물이는 사과를 내밀고는 말했다. '초록 사과 맛봐요.' 선물이는 혹시나 J가 이해 못할까 봐 스웨덴어와 영어로 번갈아 말했다. 선물의 환한 미소가 J의 얼굴에도 번졌다.

○   만두는 2인분부터

　　좋아하는 한국 음식 중에는 혼자 먹자고 만들기에
는 품이 너무 드는 음식들이 있다. 만두, 김밥, 갈비찜, 육개
장 같은 것들이다. 갈비찜이나 육개장은 정말 마음먹으면
해서 얼려놓으면 된다. 하루 날 잡아 고기가 끓는 동안 책을
읽거나 빨래를 하며 요리를 한다. 갈비찜 하나, 육개장 하나
만 만드니까 시간은 많이 걸리지만 그것 자체가 힘들다고
는 생각지 않는다. 마음먹기가 힘든 거지. 김밥은 소피아와
소피아 남편이 좋아해서 한번 만들 때 여섯 줄 정도 싸면,
그날 내가 먹을 저녁과 다음 날 점심으로 세 줄, 소피아 점

211

심으로 두 줄, 소피아가 남편에게 가져다줄 한 줄까지 딱 떨어지게 나눠 먹을 수 있다. 하지만 만두는 다른 이야기다.

나는 만두를 정말 좋아하는데 스웨덴에 온 지 얼마 안 되었을 때는 살 수도 없었다. 결국 어느 겨울에 혼자 만두를 했다. 속을 만들고, 피를 반죽해 밀고, 하나하나 빚었다. 그때는 서툴기까지 해서 이 손 많이 가는 음식을 만드는 데 몇 시간이 걸렸지만 혼자 먹어치우는 데는 10분밖에 걸리지 않았다. 허무했다.

방학이라 아무도 없던 기숙사의 부엌에서 싱크대 가득 쌓아놓은 설거지를 보면서 다짐했다. 다시는 만두 해 먹지 말아야지. 그때가 마지막 만두 빚기는 아니었지만, 거북이가 한국 음식을 그렇게 좋아하지 않아서 요새는 거의 만들지 않았다.

스웨덴에서도 한국 음식에 대한 관심이 늘었다. 동료들도 호주 같은 곳에 출장을 다녀오면 더러 한국 음식을 먹었다며 같이 만들어보자는 사람들도 있다. 일하는 중에는 주말에 아무것도 하기 싫어서 그냥 웃으면서 '귀찮아요, 안해요.' 하고 말았는데, 이번 휴가 때 헨릭이 한국요리를 배우고 싶다고 했다.

주방에 누가 같이 있는 것에 익숙하지 않지만 해보니 은근히 재미있었다. 좋아하는 영화〈음식남녀〉생각도 났다. 수다를 떨며 한 명은 부침개를 부치고 한 명은 김밥을 쌌다. 오랜만에 만두도 만들어 먹었다. 어떻게 만드는지 묻는데 나도 어째 우리 엄마식으로 대답을 했다. '소금 적당히, 파 넉넉히, 마늘 좀 넣으면 돼.' 헨릭은 고개를 절레절레 흔들었다.

한국에 살 때는 요리라고는 거의 하지 않았다. 감자전, 카레 정도가 내가 만들 줄 아는 몇 안 되는 음식이었다. 스웨덴에 와서도 처음에는 정말 마지못해 요리를 했지 잘하지도 좋아하지도 않았다. 전화로 엄마한테 요리법을 물어보면 엄마의 답은 언제나 '많이, 넉넉히, 적당히'였다. 어쩔 수 없이 처음으로 요리책을 사고, 혼자가 아니라 누구랑 같이 먹자고 만들면 좀 나을까 해 다른 방에 사는 친구한테 점심을 같이 먹자고 했다. 그렇게 요리를 배우기 시작했다.

요리를 시작하고 나서야 나는 깨달았다. 왜 엄마가 여름이 되면 그 많은 냉면을 만들었는지, 왜 엄마 친구들은 반찬을 만들었다며 전화해 우리 집에 가져다주셨는지. 함께 음식을 만들거나 한 음식을 나눠 먹는 행위에는 같은 지붕 아래 살지 않아도 함께 살아가게 하는 힘이 있다.

만들어놓고 먹지 못한 만두는 다 구워 나누어 가졌다. 이제는 그냥 독일 한국슈퍼에서 냉동만두를 주문하면 되는데 또 만두를 만들 일이 있을까? 아마도 기회가 생길 때라면 언제든지. 내 음식을 먹어보고 싶어 하는 사람이 있어서 좋다. 혼자 먹으려고 만드는 음식보다 훨씬 맛있다. 스웨덴에서의 삶이 길어질수록 그들에게 낯선 음식을 함께 먹으려는 사람들이 소중해진다.

　　　　엘린이 혼자 커피와 차를 파는 가게에서 일하고 있
는 걸 본 나는 그녀가 좋아하는 카다몬이 들어간 불레(빵)를
사러 빵집을 향해 걸어갔다.

　　돈을 벌기 시작하면서 내가 누린 첫 생활의 사치는 커피
와 차를 전문으로 취급하는 가게에서 즉석에서 갈아주는
고급 커피를 사는 거였다. 흔히 슈퍼마켓에서 파는 것보다
훨씬 비싸다. 이곳에서는 내가 좋아하는 식으로 진하게 볶
은 커피콩을 프레스에 알맞게 갈아준다. 나 혼자 마시니 한

달에 750그램 정도 마시는데, 확실히 맛이 더 좋다. 모두 내 커피를 마시면 말한다. 어 이 커피 뭐야? 굉장히 맛있네? 커피랑 차뿐만 아니라 초콜릿, 잼, 고급 과자, 코코아 등등, 내가 선물하기 좋아하는 것들이 다 여기에 있으니, 이 작은 커피 가게는 벌써 십이 년째 한 달에 두 번은 꼭 다녀가는 곳이다. 엘린은 아마 이곳의 주인 중 한 명인 것 같다.

생각해보면 참 긴 시간 동안 일상의 기쁨들이 이 가게와 연결되어 왔다. 이 가게에서 거북이가 처음으로 내 생일 선물을 엘린의 도움을 받아 사왔고, 선물이를 임신한 동안 맛있는 초콜릿을 사기도 했고, 선물이를 낳고 한 달이 지나 나들이차 갔을 때 축하 선물로 커피도 받았다. 마데를 위로하기 위해 산 커피, 폴란드에서 돌아와서 토마스에게 보낸 차 선물도 다 여기서 샀다. 내 전속(?) 헤어 디자이너 카로의 생일 때 선물한 초콜릿도 여기서 골랐다. 그렇게 엘린을 오랫동안 알아왔지만 미용실처럼 수다를 떠는 곳이 아니니, 손님으로서 나의 취향이나 습관 같은 건 알아도 서로의 사생활은 잘 모른다. 사실 엘린의 이름을 안 것도 얼마 되지 않았다. 어느 날 내가 '이제 우리 얼굴 안지도 10년이 되었는데 이름은 알아야 하지 않을까요?'라고 묻고서야 우리는 통성명을 했다.

그런데 지난 일 년간 엘린을 보는 일이 참 드물었다. 가게를 그만두었나 했더니 그렇지는 않다고 들었지만 이렇게 오랫동안 못 본 적은 처음이라 가끔 무슨 일이 있나 싶었다. 그러다 몇 달 전 한참 만에 그녀를 보았다. 바글거리는 다른 손님들 사이로 그녀는 어떻게 지내냐고 물었다. 한국의 영어교과서에서처럼 아임 파인, 잘 지내요 하면 되는 것을, 나는 그만 진짜로 대답해버렸다. '완전히 끔찍하게 힘들어.' 그러자 엘린은 내 눈을 바라보며 답했다. '정말? 나도 그렇게 끔찍한 그 기분 알아. 그런데 지나가, 더 나아져. 내가 알아.' 사람들 사이에서 우리가 나눌 수 있던 대화는 거기까지였다. 또 몇 달이 지나고 나서야 다시 그녀를 만났는데, 그때는 여름 휴가가 시작된 뒤였다. 요즘에는 어떠냐는 그녀의 질문에 내가 여전히 끔찍하다고 하자, 나아지지 않았냐고 물었다. 가게에는 마침 나 외에 손님이 없었다. '사실 지금 이혼하고 있는 중인데 이놈의 이혼이 일 년은 걸려.' 거북이가 선하게 대하냐는 질문에 내가 웃으며 '아니.'라고 답하자 엘린은 내 손을 잡았다. '나도 끔찍한 일 년을 보냈어, 그런데 지나가더라. 그런 일 년도, 나아지더라고.' 나를 보며 말하는 엘린의 눈에는 물기가 어려 있었다. 손님이 들어와 대화는 거기까지였다.

다음 날 볼일이 있어 다시 시내에 갔을 때 엘린이 혼자 가게를 지키고 있는 걸 본 나는 그녀가 좋아하는 빵을 사들고 가게로 들어갔다. 내 앞에 있던 손님을 보내고 나서 어제 커피 500그램에 러시아 차도 샀는데 벌써 뭐가 필요한 걸까 궁금해하는 듯 미소를 짓는 그녀에게 빵을 내밀며 말했다. '오늘은 뭐 안 살 거예요, 이거 주려고 왔지.' '나한테 주려고?'라고 말하면서 빵봉지를 열어보던 엘린이 외쳤다. '어머, 이거 내가 좋아하는 빵이야!' 나는 웃으며 답했다. '응, 알아, 지난번에 이 가게의 빵이 너무 좋다고 말했잖아.' 엘린도 웃었다. '맞아, 너는 이런 거 참 잘 기억해.'

둘만 있던 막간에 그녀가 지난 한 해의 이야기를 전해주었다. 엘린도 이혼하려고 했다. 우리 떨어져 있어보자고 했지만 남편은 그러고 싶어 하지 않았다. 그는 당신을 사랑해서라는 메모만 남기고 같이 살던 집에서 자살을 했다. (이 말을 듣는 순간 난 그 남편이란 인간한테 화가 치밀어서 얼굴이 붉어졌다. 사랑은 무슨!) 그 사건 이후 일 년간 엘린과 아이들은 깊고도 어두운 터널을 지나야 했다. 엘린을 위로하며 그간의 내 이야기를 털어놓다 보니 눈물이 흘렀다.

'정말 힘든 건 말이지, 행복했던 지난날이 다 잊혀지는 것뿐만 아니라, 정말 그때 난 행복했던 건지, 그런 날들이 정말 있었던 건지, 그날들이 거짓이었는지 생각하게 되는 거야.'

엘린은 눈물 그렁그렁한 얼굴로 내 손을 잡고 말했다.

'내가 단연코 말하겠는데, 그런 날들이 있었지, 그러니까 네가 떠나야 했던 그 순간에 떠나지 못했던 거야. 그날들은 정말 있었어.'

'있잖아, 난 나한테 그 사람이 줄 수 있는 제일 아름다운 선물을 난 이미 받았거든, 내 아이들. 오늘 아침에 우리 둘째가 자전거 타고 가다가 갑자기 큰 소리로 엄마 사랑해라고 말하더라고. 거북이가 줄 수 있는 가장 아름다운 거, 너도 받았잖아. 그러니까 용서해.'

가판대를 사이에 두고 우리는 서로를 안아주었다.

'아 배고픈데 너 가면 차 끓이고 이 빵 먹어야지, 너무 좋다, 네가 나를 생각해주다니.' 따뜻하게 고마움을 표시하는 그녀에게 어린아이처럼 빠이빠이 하며 손을 흔들었다.

아직 용서를 이야기하기에는 나는 화가 많고 지쳤다. 이혼이라는 과정 중에 상대뿐 아니라 내 끔찍한 모습도 봐야만 했기 때문에 더 그렇다. 오늘 마지막 서류가 넘어갔다. 언젠가는 엘린처럼 이 시간을 되돌아볼 수 있을까.

○ 김치를 볶는 이유

　　사람의 마음이 참 간사하다. 몇 년 전에 독일 인터넷 사이트를 통해 한국 음식을 주문할 수 있다는 걸 알아내 그렇게 해서 종갓집 김치를 샀을 때, 그렇게 김치를 구할 수 있다는 게 정말이지 좋았다. 맛있었다. 그런데 지난겨울에 한국에 다녀오고 나서 그 김치를 먹자, 세상에 이걸 어떻게 먹고 지냈지 싶었다. 한동안은 겉절이를 만들어 먹었는데, 역시 몸의 피곤함이 식욕을 이긴다. 그렇지만 때로 신김치는 도무지 먹고 싶지 않을 때, 김치를 볶아놓는다. 그냥 간단하게 양파와 참치만 더하고 김치도 그냥 아무렇게 다져서 넣고 볶아놓으면 퇴근하고 집에 와 아 오늘은 또 뭘 먹나 할 때 밥에 얹어 먹거나 혹은 국수랑 비벼 먹거나 한다.

김치를 볶으면 고등학교 때가 생각난다. 어느 날 엄마가 한 김치볶음밥이 맛있어서 그렇다고 했더니 그 뒤로 계속 김치볶음밥이 나왔다. 도시락도 김치볶음밥이었다. 하루는 왕언니에게 전화가 왔다. 몇 년 전 함께 살았던 언니를 왕언니라고 부른 건, 그때 겨우 일곱 살이었던 막내 동생이 큰누나보다 더 큰 누나면 왕누나구나 해서 붙은 별명이었다. 결혼 소식을 알리러 전화를 준 언니가 '엄마가 잘해주시지.'라며 안부를 묻는데 나는 '뭐, 맨날 김치볶음밥만 해주셔.'라고 투덜거렸다. 그때 언니는 '얘는 정말, 엄마가 직장 갔다 오셔서 김치볶음밥 해주시면 잘 먹고 도시락 감사하고 그러면 되지, 어린애처럼 투정은.' 하며 핀잔을 했다. 그 말이 맞다 싶으면서도 '그래도 나 고3인데…'라고 생각했던 것도 기억난다. 그리고 대학 사 년 내내 절대 김치볶음밥은 안 사먹었던 것도.

아이 하나이고, 직장도 가깝고, 어떻게 생각하면 누구 눈치 보는 경우도 별로 없는 좋은 곳에서 편하게 일하는데도, 혼자 하는 게 힘들다. 거북이가 병원에 들어가고, 시에서 제공하는 보모가 그만두고 새 보모를 찾지 못했던 두 달 반 동안, 주말 한 번을 못 쉰다며 끙끙거렸다. 멀리서 엄마는 말한다. '혼자 해서 그렇지, 건강 챙겨라, 힘들면 엄마가 갈까?'

왕언니가 우리 집에 살았던 건 아버지가 돌아가시고 난 뒤 아파트의 방을 하나 세주었기 때문이었다. 엄마는 아버지가 돌아가시고 고만고만한 어린애 셋에, 출퇴근 시간이 불규칙한데다가 남들에게 늘 아쉬운 소리해야 하는 직장까지 혼자 다 부담하면서 해나갔다. 김치볶음밥을 할 힘이 있었다니. 아이 하나도 이렇게 힘들 때가 많은데 엄마는 어떻게 해낸 거지. 엄마한테 잘 해야지 하는 생각이 드는데도, 또 바쁘면 잊어버린다. 남의 메시지는 답하면서 엄마 메시지는 나중에, 하고는 잊어버린다.

김치를 볶는다. 엄마는 더 잘게 썰어, 이것저것 뭘 더 넣

223

었는데 난 정말 김치랑 참치만 넣고 볶는다. 며칠간은 뭘 먹을까 고민 안 해도 되는구나. 엄마한테 전화나 한번 해야겠다.

○　끝의 시작

　　　　서류상으로 끝난 건 벌써 삼 주가 지나가고, 거북이도 이사를 나갔고, 십일 개월간의 길고 긴 참아야 하는 날들은 지난 것 같은데, 실제로는 끝났다기보다는 끝이 시작되는구나, 다행이다란 느낌이다.

　8월 15일에 입주할 수 있는 아파트를 얻고서도 9월 1일이 되어야 이사를 마칠 것 같다는 거북이의 말에 동의해주었다. 방 하나짜리 아파트로 가니 놔두고 가고 싶은 게 많다는 말에도 알겠다고 했다. 지금 내가 있는 아파트에서 자기 명의도 아직 빼고 싶지 않다는 그에게 부탁했다. '뭐든다 해줄 테니 9월 1일에는 내 집에서 나 혼자 자게 해줘. 그리고 9월 1일까지 방 하나만 비워줘. 그게 내가 미치지 않고 계속해나갈 유일한 방법이야.' 본인도 내가 지켜우니 걱정 말라던 거북이는 8월 31일 저녁, 자신은 그런 말에 동의한 적이 없으며 9월 1일에 본인이 나간다는 건 단지 나의 상상이라고 말했다. 그 말을 듣고 기가 막힌 것 이상으로 더 힘이 빠졌다. 그 순간 정말 이 사람은 기억하고 있지만 잊은 척 하는 게 아니라, 자기가 지금 하고 있는 이 말이 진실이라고 믿는다는 걸 깨달았다. 《스토너》의 한 장면 같았다. 악의도 없이 나를 깨부수는 행동들. 앞으로 선물이를 두고 결정하는 크고 작은 것들을 모두 계약서로 남겨야겠다는 생각에 잠깐 절망했다.

지난 금요일 처음으로 거북이가 선물이를 데리고 갔다. 앞으로 거북이는 이 주마다 한 번씩 주말에만 아이와 함께 한다. 전화 끄지 말라고 신신당부했건만 토요일 아침 전화를 걸자 '지금 거신 전화는 통화가 불가능하니 다시 걸어주시기 바랍니다.'가 다였다. 일요일 아침 10시에 전화하자 이 번에는 내 전화를 받고서야 일어났다.

마음에 미움이 너무 많다. 이제 와서 지난 열 달간 내가 그렇게 믿었는데 나를 계속 힘들게 한 사람한테도 뒤늦게 화가 난다. 그때 자기가 화를 내는 건 내 잘못 때문이라던 그의 말을 믿은 나 스스로를 경멸하게 된다. 이제 와서 어떻게 친구한테 그럴 수 있냐고 말해 무엇할까. 화를 냈어야 할 때는 그저 하루하루 울지 않는 것만으로도 지쳤을 때라, 그럴 판단력도 없었다. 그런데도 사람이 작아 여전히 뒤늦게 화가 난다.

〈화양연화〉의 마지막 장면에서 차우는 앙코르 와트 돌구멍에 아무에게도 말하지 못했던 속마음을 내어놓고 그 구멍을 메운다. 나도 그 구멍에 시커매진 내 마음속 이야기를 다 해버리면 덜 아프게 될까?

○　　그래 엄마는 커피공룡이야

　　선물이의 말이 많이 늘었다. 아이가 자폐아란 판정을 받은 데는 언어 발달 속도가 무척 느리다는 게 컸다는 걸 생각하면 기쁘다. 한때는 스웨덴어와 한국어를 다 가르치려고 했지만 언어 발달이 늦어지면서 내가 한국어를 포기했다. 이때만 해도 자폐아 판정을 받기 전이었다. 그때 옆에서 누가 한국어도 꾸준히 해야 한다고 할 때 나는 말했다. '난 어떤 언어든 상관없어요. 내 아이와 의사소통을 하고 싶을 뿐이라고요.'

　　선물이의 언어는 처음에는 자기만의 언어였다. 이중 언

어에 노출된 아이들이 흔히 자기 언어를 만든다고 들었는데 정말 그랬다. 사람마다 언어를 가진 것처럼 보이나 보다. 그때 선물이는 열심히 엄마한테 자기 언어를 가르치려고 했다.

그러다가 관심을 가지는 것들에 대한 어휘가 다양해지기 시작했는데 특히 음식과 자동차의 종류를 많이 알게 되었다. 점점 친구들 이름이며 색깔을 부르기 시작하더니 예전에는 이거, 저거라 부르며 넘어가던 물건들을 요새는 거의 명사로 칭한다.

선물이의 언어에는 아직 동사가 부족하다. 앉아요, 나가요 같은 간단한 말이나 아이스크림 주세요 등 중요한(?) 말을 할 때는 알맞은 동사를 쓴다. 그런데 남들이 말했을 때는 알아듣지만 쓰지는 않는 동사도 많다. 이해가 간다. 만약에 동사로 '먹다'라고 만 한다면 뭘 먹고 싶은지, 누가 먹는지 모른다. 하지만 '선물이, 과자'라고 말하면 선물이 과자 먹고 싶다, 과자 달라, 과자 먹는다까지 한 번에 다 전달할 수 있어 편리한 모양이다. 그래서 선물이는 이렇게 명사만 나열하면서도 선물이를 잘 아는 사람들 사이에서는 잘 지낸다. 가끔 선물이를 모르는 사람들을 만날 때 비로소 아 우리 아이는 타인과 소통하기 힘들구나 싶다. 요즘에는 꾸준히 선물이가 '선물이, 장난감' 이런 식으로 말하면, '웅 선물이 장난감 가지고 놀아.'라고 하는 식으로, 계속 동사를 집어넣어 아이의 말을 완성하고 있다.

근래 선물이는 종종 스스로 동사를 넣어 제법 그럴듯한 문장을 완성해보인다.

지지난 주 노동절 때 올가네 놀러 갔을 때, 집에 갈 시간이 되어서 '선물아 우리 이제 집에 가자.' 했더니 말했다. '선물이 여기 머물 거예요.' 짧지만 하나의 문장이다. 선물이는 단호하게 방문을 꼭 닫았다. 아이들은 확실히 자신이 사랑받는 장소를 안다.

선물이가 완성한 문장들은 나를 묘사하기도 한다. 어느 날 갑자기 나를 보더니 '엄마 커피 끓여요.' 라고 말했다. 이 때 사실 커피는 끓이고 있지 않았는데, 내가 집에서 하는 일이 커피 마시는 일인가 보다.

그리고 또 얼마 지나서 그런다. '엄마 커피 마셔요.' 며칠 전에는 목욕하던 중 늘 파스타라고 부르던 장난감 냄비를 내밀면서 말했다. '엄마 이건 커피야.'

그래 선물아, 엄마는 커피공룡이야.

선물이는 무럭무럭 자란다. 아까울 정도로 빨리.

말이 할 수 있는 것, 말이 할 수 없는 것

'누나 잘 지내죠?'란 메시지가 왔다. 끔찍했던 지
난해 내내, 잘 지내냐는 질문에 나는 일 때문에 잘 지내지
못한다고 답하곤 했다. 일도 분명히 힘들었지만, 일 때문이
란 대답은 다른 설명을 요구하지 않는 좋은 답이다. 메시지
를 보다가 답을 했다.

'음… 나 병가야. 지난해 과로해서 건강이 많이 나빠졌다.
50퍼센트만 일해.'

'이런… 건강이 최고인데, 선물이는 잘 지내죠? 이제 말

좀 많이 늘었어요?'

'응. 많이 늘었어. 아 그런데 선물이가 자폐아 판정을 받았어.'

'정말요? 누나 너무 힘들겠다.'

'심한 자폐는 아니야. 말도 많이 늘었고 친구들과도 잘 놀아. 중간에 뇌에 손상이 있나 검사하느라 그때 무서웠어.'

'진짜… 힘들었겠다. 거북이는 잘 있죠?'

'잘 있어. 우리 이혼해.'

영식이가 의자 뒤로 넘어지는 소리가 들린 것 같았다. 좀 있다 영식이는 누나가 나한테 이 말을 하기까지 얼마나 걸렸을까 생각하면 마음이 더 아프다고 문자를 보냈다.

이상하게 한국 사람들에게 말하는 게 훨씬 힘들었다. 내가 잘못한 것도 없는데 창피하다는 느낌에 더욱더 입 밖으로 꺼내지 못했다. 그러다 시간이 지나니 말할 수 있게 된다. 어쩌면 그것이 내가 이 상황에 있다, 이런 일이 일어나고 있다는 걸 스스로 인정하는 단계인 것 같다.

몇 주 전에 아이가 자라나지 않고, 몸무게가 줄기까지 해서 병원에 피검사를 하러 갔다. 거북이랑 둘이 같이. 간호사 선생님이 들어와 우리와 인사를 한 뒤 선물이 '안녕?' 했는데 아이는 반응이 없었다. 거북이는 즉시 '선물이는 관심이 없어요.'라고 말했다. 선생님이 나간 뒤, 거북이에게 왜 그렇게 이야기하냐고 물었다. '사실이잖아.' 곧이어 다른 간호사 선생님이 들어와 우리와 인사를 나눈 뒤 선물에게도 '안녕?' 하고 인사를 건넸다. 이번에도 선물이는 가만히 서 있었다. 내가 '선물아, 저분은 너랑 인사하고 싶어 하시네.'라고 하자 다가가서 악수를 했다. 거북이는 '선물이는 이런 아이'라고 정해놓았고, 나는 '선물이는 이런 면에서 더 도움이 필요하다'라고 생각한다.

이번 주에 언어병리학 선생님과 아동교육 선생님을 만나러 갔다. 가는 버스 안에서 선물이에게 말했다. '선물아, 우리 거기 가면 새로운 선생님들을 만날 거야. 그분들은 선물이랑 인사하고 싶어 해.' 아이는 별 반응을 보이지 않았다. 들었는지, 이해를 했는지 알 수 없었다. 그런데 도착해 만난 선생님들이 '선물아' 하고 부르자 선물이는 웃으면서 달려가 먼저 악수를 청했다. 지난 6월에 한 번, 가을에 한 번 만났을 뿐 몇 달 만에 본 선생님들이었다. 선생님들은 아이가 눈에 띄게 발전했다고 진심으로 기뻐했다. 선물이는 다른 아이들과 속도는 달라도 이렇게 발전하고 있다. 사랑스럽고, 행복하고, 잘 웃고, 잘 논다. 감사하다.

요즘 아주 행복한 꿈들을 꾼다. 꿈속에 나는 누군가와 함께이다. 이 누군가는 현실 세계에는 없는 존재다. 꿈속에서 나는 그를 사랑하고 그는 나를 사랑한다. 이탈리아에서 오페라 가수가 나 혼자만을 위해 아리아를 불러주는 대단한 꿈도 있지만 (내 두뇌의 능력에 놀랐다. 그렇게 어마어마한 소리를 만들어내다니) 대부분의 꿈은 일상생활이다. 며칠 전에는 내가 어릴 적 살던 면목동 골목으로 돌아갔다. 나는 어른의 삶이 힘들 때면 꿈속에서라도 그곳으로 돌아가곤 한다. 그 길에서 나는 누군가와 〈레바논 감정〉이란 제목의 시에 대해 이야기하다 그가 따준 레몬을 받는 꿈을 꾸었다. (면목동에

레몬 나무라니! 확실히 꿈이다.) 꿈이 너무 좋아서 어떤 때는 일찍 잠들고 싶다.

꿈속에서 느낀다. 행복할 수 있다. 다시 사랑할 수 있다, 사랑 받을 수 있다. 어려운 것이 아니다. 주문처럼 외운다.

○ 폴란드의 아그네스와
한국인 김 모 씨

오사는 내가 폴란드에 출장 간다는 소식을 듣자 나를 붙들고 말했다. '그단스크에 가면 꼭 아그네스를 만나고 와야 해.' 신신당부를 넘어서 거의 명령처럼 단호했다. '아그네스는 스웨덴어를 하는데, 스웨덴어 쓸 일이 별로 없잖아. 네가 꼭 만나고 와.' 어리벙벙한 내게 오사는 활짝 웃었다. '네가 학교에서 만날 사람들은 다 우리 아저씨뻘이잖아. 얼마나 좋아, 우리 또래도 만나고.'

홀린 듯 오사의 명령을 따랐다. 아그네스는 오사가 말한 그대로였다. 밝고 친절했고, 스웨덴어로 말하는 것을 즐거워했다. 아그네스의 집으로 가는 길에 그녀는 한때 친한 한국 친구가 있었다는 이야기를 꺼냈다. 킴이라고, 스웨덴에서 알던 친구였는데 폴란드의 아그네스네 집에도 다녀갈 정도로 가까웠다고 했다. 정말 좋은 친구였는데 몇 년 연락하다가 결국 연락이 끊겼단다. 하지만 킴이라니, 한국에 킴이 얼마나 많은가? 그냥 그렇구나 하고 들었다.

아그네스의 집에서 차를 마시는데, 아그네스 남편이 한국에서 전공이 뭐였냐고 물었다. 스웨덴어라고 대답하자 부부가 눈을 동그랗게 떴다. '어, 킴도 한국에서 스웨덴어를 전공으로 했는데?' 이번에는 내가 눈을 동그랗게 떴다. '그렇다면 당신들의 킴은 분명 내가 아는 사람일 거예요!' 아그네스와 남편은 분명 우리 집 어딘가에 사진이 있다며 어차피 어디 갈 데도 없는 내게 기다려달라더니 헐레벌떡 사진첩을 찾아왔다.

사진을 보니 선배다. 끼고 있는 반지가 보이게 찍은 졸업 사진이다. 사진을 보니 기억이 났다. 선배는 이 반지를 폴란드에서 사왔다고 했다. 그때는 따로 비자를 받아야 해서 폴란드에 흔히 가지 않았는데 선배 언니가 특별히 다녀왔다는 걸 들었다. 선배는 늘 그 반지를 소중히 끼고 다녔다.

이 우연이라니. 오사의 친구인 아그네스가 나의 선배 언니와 친구이며 나는 또 오사의 친구고 이렇게 십 년이 지난 뒤에 그걸 내가 알게 될 확률이 얼마일까? 우리는 인연의 교묘함에 함께 경탄했다. 세상이 좁으려면 이렇게 좁을 수 있구나.

아그네스가 말하는 선배 언니는 내가 아는 그 모습이다. 아그네스의 목소리에는 그리움이 가득하다. 아그네스는 아마도 나랑 언니 이야기를 할 수 있어 오늘 더 행복했을 것이다. 오늘 다시 깨달은 거. 잘 살자. 언제 어느 때 나를 아는 누가 다른 나를 아는 누구를 만나 좋은 기억으로 이야기하며 행복해할지도 모른다. 나는 행복의 기억이 되고 싶다.

○　　　**말이 할 수 있는 것,**
　　　　말이 할 수 없는 것

　　　　　그립다고 써보니 차라리 말을 말자

　　　　　그냥 긴 세월이 지났노라고만 쓰자

　　　　　긴긴 사연을 줄줄이 이어

　　　　　진정 못 잊는다는 말을 말고

　　　　　어쩌다 생각이 났었노라고만 쓰자

　　　　　〈편지〉, 윤동주

　　말을 자제하는 것, 하려는 말, 하고 싶은 말을 그냥 담아
두는 것과 모든 것을 말하는 것, 마치 참깨에서 참기름을 마

지막 한 방울까지 압착하듯이 내 속에 있는 걸 다 짜내어 말하는 것, 이 둘의 관계에 대해 여러 번 생각해봤다.

아직 H가 나의 친구였을 때, 그는 언젠가 나를 보고 말했다. '네 머릿속에 지나가는 나랑 관련된 모든 생각들을 말해줘, 그게 어떤 마음이라도. 우리 관계는 모든 걸 다 듣고 앞으로 나아갈 수 있을 정도로 강해.' 우리는 마치 우디 앨런 영화의 등장인물들처럼 끊임없이 여러 장르의 작품들 온갖 사회이론들 그리고 무엇보다 우리 자신을 분석하며 대화를 나누었다. 그는 나와 대화하다 보면 소설 속에 있는 기분이라고 말했다. 시간이 지나고 관계가 변한 지금도 대화의 재미, 말이 통하는 재미는 이 사람과 느꼈던 것이 최고라고 생각한다. 워낙 말이 안 통하는 사람과 함께 있다가 이런 걸 경험하게 되자, 그 기쁨이 너무나 소중하게 느껴졌다. 이런 사람과는 늘 잘 지낼 수 있을 것 같았다.

그런데 어느 순간부터 말을 할수록 막막했다. 이렇게 설명함에도 불구하고, 모든 걸 말함에도 불구하고 이해라는 건 멀었구나 싶을 때 가슴 한구석이 서늘했다. 우리는 참 많은 이야기를 했다. 《어린 왕자》의 여우가 말했다. 말은 오해를 불러일으킨다고. 지나와 깨달으면, 그때 관계는 이미 달라져 있다.

S에게 그런 말을 했었다. '메시지를 너무 많이 보낸다는 말을 들은 적도 있어요.' 그 말을 들은 그는 눈을 동그랗게 떴다. '당신이? 전혀 이해 안 되는데.' 돌이켜보니 S에게는 정말 메시지를 그리 많이 보내지 않았다. 그는 메시지를 받으면 받은 즉시는 아니더라도 여유가 생기는 대로 답을 보냈으니, '메시지 받았나요?'라고 거듭 묻지 않아도 됐다. 게다가 그에게는 길게 설명할 필요도 없었다. 예전 관계의 습관으로 혹시나 그가 오해할까 봐 내가 자꾸만 설명하고 있을 때면, 그는 곧 나를 안심시켰다. '걱정하지 말아요, 이해해요.'

어느 순간 알았다. 이 사람은 나를 온전히 보고 있다. 나의 행동에는 그럴만한 이유가 있다고 믿고 있다. 그러니 주저리주저리 반복해서, 여러 언어를 사용해서 설명할 필요가 없다. 한번만 말하면 된다. 내가 나를 거듭 설명하고 또 설명했던 것도, 노력하고 또 노력했던 것도, 상대방이 사실 나를 믿지 않는다는 불안감 때문이었다. 믿지 않는 사람에게 어떤 말로도 나를 이해시킬 수 없었다는 걸 일찍 깨달았으면 좋았을 걸. 많은 이야기들이 오갔다 해도 같은 말을 여러 번 다르게 했을 뿐이라면 별 의미가 없을지도 모른다.

중요한 건 해야 할 이야기를 다 나누는 것이다. 그런 관계에서는 그립다는 말 대신 시간이 지나갔다는 말 한마디로도 그 뒤에 있는 긴긴 사연의 그리움을 다 느낄 수 있다. 이제야 알았다. 한 관계가 신뢰를 바탕으로 하고 있으면, 어떤 것도 이야기할 수 있고, 어떤 말도 할 필요 없다. 혼자 할 수 있는 게 아니다. 관계 안에서 일어나는 일이다.

○   **별똥별, 처음으로 보다**

　　　　자정이 다 되어가는 시각 자리에 누워 내가 생각
을 하는 건지 꿈을 꾸는 건지 그 경계선에 있을 때, 메시지
가 왔다. '자나요?' '(메시지 소리에)깼어요.'라고 해야 정확한
답이겠지만 그러면 얼마나 미안해하는 사람인지 안다. '깨
어 있어요.'라고 답을 보내자, 오늘 밤 별똥별 쇼를 볼 수 있
다고, 할 수 있으면 나가서 북쪽하늘을 보라고 했다. 자신은
벌써 다섯 개를 봤다고. 아직은 반바지만 입고도 나갈 수 있
는 날씨다. 나가기 위해 옷을 입는데 메시지가 또 도착했다.
'그런데 너무 오래 있지 말아요. 벌써 늦은 시간이에요.' 하

지만 여태껏 별똥별을 본 적 없는 나는 한 개라도 볼 때까지는 버텨볼 생각이다.

북두칠성의 별들을 하나하나 짚을 수 있을 정도로 선명한 밤하늘을 보며 오늘이라면 정말 별똥별을 볼 수도 있겠다고 생각하는 찰나 하나가 떨어졌다. '하나 봤어요! 다음 걸 기다려요.' 신이 난 내게 S는 다시 다정한 걱정을 보냈다. '너무 오랫동안 기다리지 말아요, 벌써 늦었어요.'

별이 하늘을 긋는 건 지극히 짧은 순간이다. 같은 장소에 있다 해도 다른 곳을 보고 있다면 먼저 발견한 사람이 미처 가리키기도 전에 지나가버릴 정도다.

두 번째 별똥별을 기다리면서 소설가 새라 워터스의 말이 떠올랐다. "사람은 40대에 슬픔을 만나게 된다. 마흔 전에는 새로운 것들과 조우하지만 마흔 후부터는 그것들과 이별한다." 그런데 아직 새로운 경험이 나를 찾아온다. 새로움이 지나가고 나서도 이 경험은 경이로울 것이다.

S는 아직 계약이 끝나고 나서 어떻게 할지 결정하지 않았

다. 우리 관계가 언제까지 이처럼 좋을지 아무도 모른다. 사람의 마음이란 삽시간에 바뀔 수 있다는 걸 난 잘 안다. 지나고 나면 지금 내가 S와 함께했던 시간도, 이 한없이 따뜻한 관계도 별똥별만큼이나 찰나의 것으로 기억될지도 모른다. 그렇지만, 아니 그럼에도, 누군가로 인해 마음이 따뜻해지고 누군가의 마음에 자리 잡는 것이 아직도 가능하다는 걸 경험한 이 순간을 별똥별이 떨어지는 찰나같이 경이로운 순간으로 기억할 것이다.

두 번째 별똥별이 떨어졌다. S가 잘 자라는 인사를 보냈다. 여기 사람들도 별똥별을 보며 소원을 빈다. 한 가지 소원이 더 남아서 세 번째 별똥별을 기다리다가 서서히 스미는 찬 기운이 느껴졌다. 그래, 내일 일해야 하니까 들어가야지. 문을 열면서 고개를 왼쪽으로 돌려 하늘을 한번 더 바라봤다. 세 번째 별똥별이 가장 또렷한 꼬리를 그리며 떨어졌다.

○   앵그리버드를 피하는 모험

　　내가 그를 처음 봤을 때 즉시 누군가를 떠올렸다. 내가 무척 좋아하는, 폴란드에 계신 토마스 교수님이었다. 혹시 사촌이 아닐까 싶을 정도로 그 사람의 얼굴형과 눈은 교수님과 많이 닮았다. 아무래도 좋아하는 사람이랑 굉장히 닮은 얼굴이니까 모르는 사람인데도 자꾸만 얼굴을 보게 됐다. 그 사람도 내 시선을 느꼈을 것이다.

　　내가 이 익숙한 낯선 사람에 대해 아는 건 내가 출근하는 시간에 학교 근처에서 가끔 보이니 아마 학교에서 일한다는 것 외에는 하나도 없다. 오늘 아침 출근할 때 대학 공원 입구에 들어서자 그가 나를 따라잡았다. 나는 워낙 걸음이 느려서 누구든 무심코 따라잡을 수 있다. 그런데 오늘은 그가 발걸음 속도를 늦춘다는 걸 느낄 수 있었다. 그는 나로부터 한 세 발자국의 거리를 유지하면서 앞서 걸어갔다. 우리는 그렇게 함께도 아니고 그렇다고 멀리 떨어지지도 않은 채 서로 갈 길을 가고 있었다. 그런데 작은 연못 앞에서 갑자기 그가 왼쪽으로 꺾었다. 몇 초 지나 그의 웃음소리가 들렸고 나는 발걸음을 멈추었다.

'어디로 가는 거예요?(Where are you going?)'

나는 그가 스웨덴인이 아니라는 걸, 그리고 그가 지금 길을 잃어 황당함에 웃는다는 걸 눈치채고 있었다. 그는 낮은 소리로 계속해서 웃으며 이쪽으로 터덜터덜 뛰어오더니 말했다. '나는 도서관과 다른 건물 사이로 가야 해요.' 그의 억양은 확실히 스웨덴 사람이 하는 영어는 아니었다. '저기가 도서관인데요.' 어떻게 한 학기 내내 일한 사람이 도서관이 어디인지 모르는 걸까 생각하며 손가락으로 도서관을 가리키자 그가 말했다. '아, 네, 도서관이 어디인지는 알고 있어요.' 그는 잠시 머뭇거리더니 말했다.

'사실 나는, 앵그리 버드(angry bird)를 피하려고 한 거예요.'

너무나 생각지 못한 말이라 이번에는 내가 웃고 말았다. '앵그리 버드라고요? 뭐, 제 생각에 모든 새는 다 앵그리 버드 같아요.' 그는 도서관 옆의 주차장에 있는 기둥 중 하나의 꼭대기를 가리켰다. 그곳에는 갈매기 한 마리가 둥지를 틀고 앉아 있었다. '저 새는 지금 아기가 있어요. 얼마나 앵그리 버드인 줄 몰라요.' 그 순간 이 쉰 살은 됐을 덩치 큰 남자가 도서관을 못 찾은 게 아니라 저 길을 피하려고 애쓰다 길을 잃었다는 걸 깨닫고 다시 한번 웃음이 터졌다. '그렇군요. 저도 조심할게요.'

우리는 말없이 계속 길을 갔고 곧 내 사무실이 있는 곳에 이르렀다. 잘 가라고 말하기 위해 손을 올리자 그가 마치 친구에게 하듯 인사한다. '또 봐요(see you soon)!' 그리고 앵그리 버드가 지키는 기둥을 멀찍이 피해 달려나갔다.

○   **토마스 교수님께**

토마스 교수님께,

가을 햇살은 너무나 아름다워요. 시내 도서관에서 가장 좋은 자리에 앉아서, 바람을 막아주는 유리벽을 통해 받은 햇살은 적어도 주근깨 두 개는 더해줄 정도로 강렬했어요. 어제 일요일, 정말 오래간만에 쉬었어요. 몇 주 전부터 거북이가 다시 병원에 들어갔거든요. 거북이는 선물이를 돌볼 수 없어요. 그는 자기 자신도 돌보지 못하고 있거든요. 어제는 친구가 도와줘 쉴 수 있었습니다.

어제 제가 도서관에 가져간 책은 《스토너》예요. 이렇게 쉬고 싶을 때면 읽었던 책을 가져갑니다. 읽어도 그만, 안 읽어도 그만이고, 그리고 어느 부분이 괴로운지 아니 건너 뛸 수도 있죠. 기억하시죠, 《스토너》? 교수님이 그 책이 없다는 걸 알자마자 보내드렸죠. 교수님이 그 책을 기차 안에서 읽기 시작했고, 그 때문에 어떤 낯선 이와 대화를 나누었다는 메일을 기억합니다. 굉장히 아름답고 정교하게 쓰인 책인데, 읽고 나서 그만 우울해졌다고 하셨던 것도요. 그 부분을 읽고 웃었어요. 이 책은 확실히 막 따뜻해지고 즐거워지는 책은 아니죠. 한편 궁금했습니다. 어떻게 교수님이 보통의, 별 볼 일 없는 경력에 사랑에도 운이 없던 남자의 이야기에 그렇게 이입할 수 있었는지요. 여러 분야에서 성공하신 교수님이 말이죠. 하지만 조금 더 생각해보니 교수님이 어떤 분인지, 타인에 대해 어떤 이해를 가지고 계신 분인지 떠올랐습니다.

제가 《스토너》를 읽었을 때, 저는 누군가 이 삶을 이해한다는 생각에 위안받았습니다. 아직도 기억하고 있습니다.

스토너가 마흔두 살 바라본 인생은 그랬죠. "앞날에는 즐겁게 여겨질 만한 것이 전혀 보이지 않았고, 뒤를 돌아보아도 굳이 기억하고 싶은 것이 별로 없었다." 참아내고 견디어가야 할 뿐. 어느 날 교수님께 갑자기 물었었죠. 언젠가 이 모든 끔찍한 일들이 다 사라지는 거냐고요. 교수님은 짧고 분명하게, yes라고 답을 보내셨어요. 그 메일을 읽으며 교수님이 다정다감한 음성으로 단호하게 말하는 게 들리는 것만 같았습니다.

오늘 아침, 한국 친구로부터, '별일 없이 잘 지내지?'라고 묻는 메시지를 받고, '별일이야 많지.'라고 답했어요. 그러자 친구는 '하하, 정답은 '응 아무 일 없이 잘 지내.'야.'라고 다시 보내왔습니다. 무슨 일이 있었냐고 친구는 묻지 않았고, 어떤 일들이 있었는지 저는 설명하지 않았어요. 별일들이 많이 일어나고 있지만, 그럼에도 저는 지금 인생에서 조금 더 나은 곳에 있습니다. 계획하고 일어나길 바라는 일들이 있고, 웃음으로 가득한 날들, 따뜻한 날들을 소중히 선물

상자에 넣듯이 제 기억에 보관합니다. 그래서 지금 이 시간
도 견뎌내리라 믿습니다.

　제가 할 수 있는 것이라곤 참아내는 것밖에 없을 때 그곳
에 계셔주셔서 감사합니다.

o   **이해하지 않아**

이해해요, 걱정 말아요.

백야가 저물고 이제 밤이 존재하는 시기라 저녁을 먹을 시간이면 어스름이 느껴진다. 며칠 동안 비가 왔다. 낮은 늦여름 더위처럼 찬란하고 아침저녁에는 정말 그랬던가 싶을 정도로 추운 나날이 이어지고 있다.

그런 아침에 S가 메시지를 남겼다. '혹시 당신이 너무 바쁘지 않으면 저녁에 들를까요?' 그와 연어를 반찬으로 저녁을 먹었다. 어른들의 대화는 안중에도 없는 선물이가 거실에서 열심히 게임하는 소리를 배경으로 S는 지금의 상황을 하나하나 설명했다. 자신이 여기 남아 있을 수 있는지 없는지, 어떤 조건들이 걸려 있는지, S 자신의 생각은 어떤지 알려주었고 나는 어떻게 생각하는지 물어보았다. 그의 말은 솔직하고 자세했다. 지난번에 내가 제안한대로 에릭에게 월급에 대해 물어보았다며, 그 액수까지도 말해주었다. 그런데 내 예상보다 적은 듯해 나는 순간 직업병이 발동해서 내가 다시 그 직책의 평균 월급이 얼마인지 알아보겠다고 해버렸다.

그가 떠나고 나서야 불현듯 실수가 아니었을까 생각했다. 당연히 나보다 에릭이 사정을 더 잘 알 텐데. S의 절친한 친구인 에릭을, 나아가서 S를 믿지 못하겠다는 식으로 들렸을 수도 있다. 찜찜함이 가시지 않아 다음 날 아침에 메시지를 보냈다. 구구절절 여러 말로 당신이 내 말의 의도를 알아주었으면, 오해하지 않았으면 좋겠다는 뜻을 담았지만 그는 간단하고 가볍게 답했다.

'이해해요, 걱정하지 말아요.' 그리고 스마일리.

이 문자를 받자 갑자기 다른 사람이 생각 난다. H는 늘 말했다. '이해해.' 언젠가 나는 그 말에 지쳐서 되물었다. '뭘 이해하는데? 들어보자. 뭘 이해하는데?' 이해한다고 말하던 사람과 말을 하면 할수록 벽을 느끼며 쌓인 깔끔하지 않은 감정의 잔재들이 턱까지 차올라서 내뱉은 말이었다. 그때 그가 뭐라고 답했는지는 기억이 나지 않는다. 다만 한참 시간이 지나고 나서 받은 긴 반성문 같은 메일에서 그는 이렇게 썼다. '나는 너 같은 사람을 경험한 적이 없어서, 너 같은 사람이 있을 수 있다는 걸 믿지 못해서, 네가 한 말들 뒤에, 네가 한 행동들 뒤에 뭔가 다른 의도가 있다고 늘 생각했었어.'

사람이 다른 사람을 이해한다고 말하는 것은 그 사람이 하는 말과 행동을 내가 이해하도록 만든다는 뜻이다. 하나의 번역이다. 이해의 근본은 나한테 있지 다른 사람에서 출발하지 않는다. 나의 선의를 선의로 받아들이고, 내 말과 행동이 자신을 향한 선의에서 출발한다고 믿으며 그래서 '이해해요.'라고 말하는 S는 분명 H와는 다른 사람이고 그들

뒤에는 다른 삶이 있다. 아니 이것 또한 H를 위한 나의 변명이다. 그보다도 더하면 더했지 덜하지 않은 삶을 경험한 에밀리는 그와 전혀 다른 삶을 살고 있다. 지금의 그는 그가 선택한 길에 있는 것이다. 다른 길을 갈 수도 있었다.

누군가 나를 믿는 것이 이토록 쉬울 수도 있다는 깨달음에 나는 다시 서글프다. 그 하나가 그토록 힘들었던 H가 불쌍하기도 하다. 그리고 밉다. 여전히. 어쩌면 우리는 그가 언젠가 말했듯 진정한 친구가 될 수도 있었을 것이다. 하지만 끝까지 결국 타인을 믿지도, 자신을 의심이라는 방어벽에서 풀어주지도 못했던 그가 밉다. 그는 내가 아무리 분명하고 솔직하게 말해도, 행동으로 보여주어도 믿지 않았다. 대신 내가 하지 않은 말을 들었다. 그런 사람에게는 어떻게 행동해도 전달될 수 없다.

다시 한번 나와의 약속을 어긴 후 H는 연락이 없다. 가끔은 보고 싶다. 나는 사람이 작아서 그를 만나 지금 내가 얼마나 잘 지내는지 보여주고 싶다. 나와 함께 있는 것이 S에게는 얼마나 쉬운 일인지, 그때의 우리는 나의 잘못이 아니었다는 걸 다시 보여주고 싶다. 어쩌면 '네가 나의 선의를 믿지 못한 이유는 네가 누군가에게 목적 없는 선의를 가진 적이 없었기 때문이었다.'라는 모진 말을 해주고 싶어서 일지도 모른다.

나에게는 더 이상 그를 이해하려는 선의가 없다. 만나지 않는 것이 좋다.

○   아이가 크는 소리

'mamma tack, ⋯ inte (Thank you mammy ⋯ not).'

아이가 하고 싶은 게 많아졌다. TV도 보고 싶고, 아이패
드 게임도 해야겠고, 레고도 갖고 놀고 싶다. 아이에게 밥은
방해만 된다. TV를 더 보고 싶다는 아이한테 안 된다고 하
고, 아예 화면을 꺼버리고 식탁에 와 빵을 먹으라고 했다.
아이는 언제나처럼 앉아서 맘마 탁, 그러니까 '엄마 고마워'
라고 말하더니 2초 뒤에 덧붙였다. 'inte'(not). 조그만 아이
의 반항이라니. 문법상 맞는 말은 아니다. 그런데 이런 식으

로라도 더딘 말로 자기표현을 하는 게 내 눈에 너무 귀여워서 웃고 말았다. 선물이는 씩 웃으며 다시 한번 '맘마 탁 인테' 하더니 빵을 요란하게 먹기 시작했다. 아이와 이마를 맞대고 웃었다.

언젠가 거북이가 읽던 과학 잡지 기사에 그런 말이 있었다. 한 사람의 유전자 중 94퍼센트 정도는 부모에게서 오지만 6퍼센트는 돌연변이라는 것이다. 그러니까 부모 누구한테도 받지 않은 것이다. 우리는 둘 다 선물이의 눈이 그 돌연변이구나 했다. 나도 거북이도 이렇게 크고 아름다운 눈이 아니었다. 아이가 태어난 순간부터 우리는 궁금해했다. 도대체 이 눈은 어디에서 온 건가. 아이의 눈에는 우주가 담겨 있다.

자는 아이를 한참 보았다. 아빠를 닮아 길쭉길쭉한 아이. 남보다 크게 태어났지만 한 팔에 들어왔는데, 좀 있으면 엄마보다 더 크겠다는 주변 사람들의 농담이 서서히 현실이 되어간다.

언제 이렇게 컸니? 엄마가 정신없이 사는 동안 컸니?

그냥 몸이 곁에 있는 게 아니라 함께 하는 엄마가 되려고 늘 노력했는데, 그런 엄마였니?

행복하니?

잠자는 아이의 기다란 속눈썹을 센다. 세상에서 가장 듣기 좋은 소리는 아이가 새근새근 잠자는 소리가 아닐까 생각하면서.

○　　스톡홀름 휴가

　　나는 긴 휴가를 계획하고 돈을 쓰는 데 익숙하지 않다. 살면서 휴가라는 것이 생활의 일부였던 적이 없었기 때문이 아닐까. 어릴 때도 휴가라는 걸 간 기억은 한 손으로 꼽을 만큼 적다. 언젠가 캠핑 가서 추위에 떨던 기억, 외가 식구들과 계곡에 간 기억, 바닷가에 간 기억. 그 외에는 더 이상 내 기억이 아닌 사진으로 보았을 뿐이다. 아버지의 건강이 나빠지면서 여행을 가지 않게 된 것 같다. 아버지가 돌아가시고 난 뒤로도 여행을 가는 건 우리 가족에게 해마다 돌아오는 일상이 아니었다. 나만 그런 것은 아니었다. 동생도 대학 졸업 여행 신청을 받던 때 며칠 가는데 그만큼 돈을 쓰고 싶지 않다며 별 아쉬움 없이 포기했다. 지금은 둘 다 후회한다.

어른이 되고, 직장을 잡고, 경제 사정이 나아져도 여전히 이곳 사람들이 말하는 것 같은 휴가는 가보지 않았다. 이런 쪽에 많은 돈을 쓰는 건, 꼭 돈이 들어서가 아니라 그 가치를 잘 몰라서 어색하다. 워낙 아무것도 안하고 책만 읽으면 휴가라는 생각에 익숙해 결혼하고 여러 이유로 휴가 때 특별한 계획이 없어도 별 불만은 없었다. 그런데 아이가 자라면서, 또 내가 어렸을 때와는 달리 칠 주나 되는 길고 긴 휴가가 생기며 무언가 추억이 될만한 일을 해야겠다는 생각이 들었다. 몇 년 동안은 그럼에도 그저 물놀이 가는 게 전부였는데 올해는 소위 휴가라는 걸 가기로 마음먹었다.

친구들은 선물이만 한 아이들을 데리고 해외로 나가는데 나는 혼자서 아이를 데리고 해외로 나가는 건 상상할 수도 없다. 그렇다고 스웨덴 국내 여행이 결코 금전적으로 만만한 게 아니다. 평소에는 물가를 크게 의식하지 않지만, 호텔비며 기차표가 정말 고가다. 친구들이 도와주었다. 스톡홀름에 사는 헬레나는 자기 집에 오라고 했고, 고텐버그에 사는 오사도 자기는 그때 휴가로 집에 없으니 자기 아파트에서 지내라고 벌써 열쇠를 빌려주었다.

스톡홀름에 갈 일정을 잡고 며칠 전부터 선물이에게 말했다. 우리 이번 주 수요일에는 스톡홀름에 가. 헬레나한테 간단다. 사흘쯤 있을 거야. 버스 타고, 기차 타고, 지하철 타고 갈 거고, 도착하면 스칸센이랑 기술박물관에 가자. 선물이에게는 스톡홀름도 태어나서 처음이었다. 아이와 함께 우리식으로 말하자면 민속촌과 동물원, 놀이동산이 섞인 듯한 스칸센도 가고, 층마다 아이들이 놀 수 있는 다른 코너가 있었던 기술박물관도 천천히 둘러보았다. 스칸센에서는 홀로 산책하는 공작새를 만나기도 했다. 무척 피곤했지만 사진도 추억도 많이 남겼다.

하지만 내가 새길 여행의 추억은 따로 있었다. 스톡홀름에서 헬레나를 만난 선물이는 말을 잃지도, 낯을 가리지도 않았다. 아이는 헬레나를 보자 살짝 안아 인사한 뒤 한 손으로는 내 손을, 다른 한 손으로는 헬레나의 손을 잡고 걸어 다녔다. 만났던 스톡홀름 센트랄에서 에스컬레이터를 보더니 무조건 타야 한다는 아이때문에 헬레나에게 잠시 기다려달라고 부탁한 후 에스컬레이터를 탔더니 아이가 중간쯤에 '헬레나 어디 있어요?' 하며 두리번거렸다. 한국에 갔을 때 어디 갈 때마다 한국말로 할머니, 삼촌을 찾았던 아이가 스톡홀름에서는 내내 헬레나를 찾았다. 헬레나는 선물이 생각에 우리 사람인가 보다.

첫날 헬레나 집에 가서 보니 창문 밖에 잘 꾸며진 놀이터가 있었다. 깊이가 한 20센티미터쯤 될 것 같은, 어린이들이 물장난할 만한 풀장까지 갖추고 있어 눈에 띄었다. 선물이를 데려가니 처음에는 홀로 첨벙거리며 놀더니 어느새 다른 아이들과 어울렸다. 다른 아이들이 있는 곳에 조용히 가 옆에 앉아 있기도 하고, 아이들이 뛰어다니면 함께 뛰었다.

어떤 남자아이와는 공놀이를 했다. 한두 살 정도 더 나이 들어 보이는 아이가 공놀이를 설명해주니 선물이는 따라하려고 애썼다. 두 아이가 공을 사이에 두고 뛰어오르는 모습을 사진으로 남겼다.

아이는 다른 아이와 함께 놀고 싶어 했다.

낯선 침대라 한참 시간이 걸려 잠든 아이를 두고 나와 차를 마시면서 헬레나와 아이 이야기를 했다. 헬레나는 누가 봐도 선물이와 내가 친밀하고 따뜻해 보인다고 말했다. 솔직한 마음이 나왔다.

'처음에는 아이가 행복하면 그만이라고 생각했는데, 아이가 점점 커가니까 남들만큼만 했으면 하게 돼. 그런데 아직도 언어가 늦어서 얼마만큼 이해하는지, 무엇을 생각하는지 어떤 때는 나도 모르겠어.'

'하지만 선물이는 소통하려고 하잖아, 낯선 사람에게도 다가가려고 하고.'

'그렇지? 그게 보이지?'

대답 아닌 대답을 했다.

아이는 소통하길 원하고, 다른 사람과 함께 기쁨을 나누길 원한다. 그 어떤 아이와 마찬가지다.

ㅇ　　쥐포를 먹는다

　　환풍기를 최대한으로 켜고, 작은 프라이팬에 기름을 넉넉하게 두르고, 독일의 한국 음식 사이트에서 주문한 쥐포를 냉동실에서 꺼내놓았다. 몇 년 전부터 독일 웹사이트에서 한국 음식을 주문하는데 지난달에는 쥐포를 발견하고는 깜짝 놀라서 장바구니에 담았다. 쥐포라니! 쥐포가 노릇노릇해지는 동안 고추장에 새콤달콤한 매실액을 섞어 초고추장을 만들었다.

　　어렸을 때 아주 오랫동안 쥐포는 정말 쥐로 만드는 줄 알고 입에도 대지 않았다. 오해를 풀고 나서도 목욕탕에 가지 않았더라면 과연 즐기게 되었을지 모르겠다. 엄마 아빠가 결혼하면서 샀고 내가 태어나서 중학생이 될 때까지 살았던 집에는 당시 많은 집들과 마찬가지로 뜨거운 물이 나오지 않았다. 머리야 물을 데워서 감으면 되지만 목욕은 생각할 수 없었다. 그래서 주말에 엄마랑 동생이랑 함께 목욕하러 가는 게 정해진 일이었다. 나는 정말이지 목욕탕 가는 게 싫었다. 더운 곳에 있는 것도 싫고, 때를 미는, 아니 벗기는 것도 너무 싫었다. 싫다고 미는 아이들을 엄마는 두 가지 방법으로 달랬다. 하나는 초코 우유였다. 탕에 들어가고 한 20분 정도 지나면, 눈물의 때 벗기기를 시작하기 전에 엄마는 먼저 초코 우유를 사주셨다. 그다음은 핫도그다. 목욕이 다 끝나고 나면 목욕탕 옆에 있던 작은 분식점에서 파는 핫도그를 먹었다.

아빠가 아프고나서 엄마는 어린 나에게 이제 우리는 과자를 사먹을 수 없다고 설명했다. 그럼에도 집이 있었으니 이사할 걱정은 없었고, 늘 따뜻했다. 가난하지 않았지만 그렇다고 다른 여유는 없었던 그런 때였다. 그래서 목욕탕에 가면 먹는 간식거리가 굉장한 위안이었다. 핫도그 아줌마네에는 드럼통 같은 데 기름이 담겨 있고, 진열대에 이미 한 번 껍질이 덮힌 핫도그들이 있었다. '핫도그 주세요.' 하면 아줌마가 또 반죽을 입히고 빵가루를 덮은 다음 다시 튀겨주셨다. 지금 생각하면 왜 엄마는 입에도 안 댔는지 알겠지만, 난 그게 왜 그렇게 맛있었는지. 어느 날부터 거기에 쥐포도 있었다. 다른 아이가 갓 튀긴 쥐포를 먹는데 정말 맛있어 보였다. 엄마에게 핫도그 대신 쥐포를 먹어도 되냐고 했더니 (이거나 저거나 마찬가지로 별로 좋은 음식이 아니었으니) 네가 고르라고 말했다. 맛있었다. 그 뒤로 나는 목욕하는 내내 쥐포와 핫도그 중 무엇을 먹을까 생각했다.

중학교 때 먼 곳으로 이사한 뒤, 오랜 시간 쥐포를 먹을 일이 없었다. 대학에 다니며 학교 앞 호프집의 가장 싼 안주로 쥐포를 다시 만났다. 특별히 가난한 대학생이라고 할 수도 없었지만 그렇다고 누구 하나 돈이 아주 많은 것도 아닌데 우리는 매일 모여 술을 마시려고 들었다. 조금이라도 돈이 있는 때라면 좀 더 끼니가 될 만한 안주를 주문했지만 일단 마시고 안 되면 학생증 맡기고 보자며 모였을 때는 매번 쥐포를 시켜먹었다. 쥐포만 먹으면 안주 먹지 말라고 혼나고, 술만 마시면 술값이 더 비싸다고 혼나며 서로의 주머니 사정이야 어떻든 다 친구였던, 당연히 친구여야 한다고 생각했던 그런 때였다.

쥐포를 같이 먹던 인연들이 다 남아 있는 건 아니지만 재혁이는 다시 만날 기회가 있었다. 출장으로 시드니와 멜버른을 찾았을 때 나는 호주에 이민 간 재혁이를 떠올렸다. 혹시 캔버라로 찾아가도 될까 연락해 보았더니 재혁이가 말했다. '당연히 와야지, 자고 가야해!' 친구는 정말 따뜻한 아내를 만나 예쁜 아이들을 낳고 살고 있었다. 도착해서 들으니 바로 전전날까지 누님이 계셨다 가셨다고 했다. '어머, 그럼 말하지, 그럼 안 왔을 텐데, 피곤하잖아.' 재혁이는 웃었다. '그래, 너 그럴 줄 알고 말 안 했어.' 짧다면 짧고 길다면 긴 삼 박 사 일간 많은 이야기들이 오갔지만 우리는 주로 그 쥐포 안주를 찔끔거리며 먹던 날들을 되새겼다. 재혁이의 한마디가 우리가 왜 자꾸 그 시간으로 돌아가는지 설명했다. '대학 친구가 좋아, 그때가 타인을 친구로 쉽게 친구로 받아들였던 마지막 때였던 것 같아.'

시드니로 돌아가는 날 공항 주차장에서 그는 웃으며 그랬다. '옷 입는 것도, 머리모양도 똑같고, 걷는 것도 똑같고, 키도 똑같이 작고, 세상 어디에서라도 뒷모습만 봐도 너인 줄 알아볼 수 있어.'

세월이 더 지나 나는 이제 대학 때 입었던 그런 옷은 입기 어색한 나이가 되었다. 그래도 아마 우리는 어디서든 알아볼 것이다. 그 시간이 있었으니까.

지금의 쥐포는 행복했던 나날의 맛이라 찾는다. 맛이 아닌 맛이 있다. 재혁아, 너도 여전히 쥐포 먹니? 먹으면 여전히 행복하니? 너도 그렇지?

○　　　**이해는 사랑이다**

　　　　아직 S랑 내가, 선택권이 S에게 있다고 믿었던 때가
있었다.

　　그때는 오히려 회사 측에서 단순히 계약을 연장하는 게
아니라 그가 아주 이주하기를 원하는 듯 했다. 그 이야기를
나누다가 그는 결정을 못 내리는 것이 미안하다는 듯한 얼
굴로 물어왔다. '당신은 어떻게 여기 오겠다고 결정했나요?'
웃으며 그에게 대답했다. '그건 내가 당신보다 훨씬 어렸을
때 고민했기 때문이에요. 그때 나는 스물 몇 살이었으니까
이루어놓은 커리어도 없었고, 엄마가 나이 들어 내가 필요

할 거란 것도 생각지 않았어요. 그때는 온전히 공부하고 싶다는 생각에 온 거예요. 당신은 그때의 나랑 인생의 다른 시점에 있고, 그러니까 생각해야 하는 게 다르죠. 당신이 쉽게 결정 못 내리는 거 이해해요.'

'아 정말 쉽지가 않아요.' 그는 탄식하듯 말하며 나가와 어깨를 안았다. 그때 우리는 함께 행복했다.

우리가 어떤 지식이나 사실이 아닌, 다른 사람을 이해한다는 것은 어떤 행동일까. 스웨덴으로 유학 가고 싶다고 했을 때 주위의 어른들은 내가 이기적이라고 생각했다. 혼자된 엄마를 이제야 직장 다니며 경제적으로 도울 수 있게 되었는데 다시 공부를 하겠다니, 재산이 있는 집도 아니고. 어른들이 보시기에 그랬던 것을 알고 있다. 엄마도 오랫동안 내가 공부하고 싶어 했고 계획을 짜고 있는 걸 아셨지만 말씀이 없으셨다. 어느 날 울면서 말했다. '엄마 나는 정말 가고 싶어요. 그러니 갈 수 있게 기도해주세요.' 엄마도 울며 말했다. '그래 기도하자.'

그때 알게 되었다. 다른 사람에 대한 이해라는 건 사랑이라는 것을.

엄마는 전혀 다른 성격에 전혀 다른 꿈을 꾸는 세 명의 아이를 길렀다. 중요한 결정 앞에서 엄마가 알고 싶어 했던 것은 하나였다. 이게 정말 네가 하고 싶은 것이니? 우리가 원하는 것들이, 우리가 생각하는 것들이 항상 엄마 보기에 맞는 말이어서 엄마가 이해했던 게 아니다. 사랑했기 때문에 인정했고 이해했다.

어렸을 때 나는 거창한 생각을 했다. 인류의 역사에 발전이 없는 이유는 우리가 기본적으로 자신이 경험하지 않은 것은 이해하지 못하기 때문이라고. 머리로는 알 수 있다. 부모가 돌아가시면 슬플 거란 걸 머리로는 예상할 수 있다. 그렇지만 정말 그 일이 생겼을 때 어떻게 느낄지는 모른다. 울다가도 코미디 프로를 보고 웃을 수 있고, 웃고 나면 '이래도 되나?' 하는 생각이 든다는 건 모른다. 갑작스러운 사고로 형을 잃고도 장례식 때 오랫동안 만나지 못한 사랑하는 사촌 동생을 만나면 반갑다는 감정이 든다는 게 어떤 건지 잘 모른다. 그렇게 모든 감정들이 섞여 있는 시간이 어떤 것인지 경험하기 전에는 이해할 수 없다.

그런데 살다 보면 같은 경험을 했다고 해서 상대방에 대한 이해로 연결되지 않는 경우를 경험하게 된다. 나를 제일 잘 이해해줄 줄 알았던 사람이 나도 경험해서 아는데 이거 별 거 아니야, 라든가 너만 그러는 거 아니다, 라는 식으로 나오면 너무나 아프다. 아픔 속에서 깨달았다. 공통된 경험이 꼭 이해를 부르는 건 아니라는 걸.

이해는 사랑이다. 우리가 함께한 시간 한가운데 나는 내가 S에게 많은 말을 하지 않는다는 걸 깨달았다. 이유는 그가 항상 나의 선의를 믿었고, 이해했기 때문이었다. 무언가를 길게 설명할 필요도 나를 이해시키기 위해 노력할 필요도 없었다. 사랑하기에 믿고 이해한다. 알아서 이해하는 것이 아니라 사랑하기에 이해한다. 이해하고 싶은 마음이 기도가 되어 닿는다.

○ 우리가 잘한 거예요

　　계약에 의하면 그는 일 년에 서너 번 타이완에 돌아가야 한다. 지난 초봄에도 그는 타이완에 갔다. 그가 처음 떠났을 때는 우리가 만난 지 겨우 두 달이 지났을 때였고, 아직 서로가 어떤 관계인지 잘 몰랐다. S가 타이완에 있는 동안 우리는 거의 연락하지 않았다.

　5월, 돌아온 첫 주말이었던가, 함께 점심을 먹고 타이완에서 어떻게 지냈는지 (일, 일, 일, 친구들과 마작) 이야기하던 그는 여름에 형을 만나러 미국에 갈 준비도 했다고 했다. 형수가 이것저것 사다달라고 부탁한 게 있어서 그걸 구하러

다니느라 분주했단다. 그는 그 이것저것으로 큰 여행가방 하나를 다 채웠다고 했다. 나는 웬만하면 없는 건 없는 대로, 있는 건 있는 대로 살자는 주의다. 그리고 사실 미국에 없는 게 뭐가 있을까? 입 밖에 내진 않았지만 뭐 그렇게까지 사람을 귀찮게 하나 싶은 마음이 들었다. 그가 조심스럽게, '내가 엄마가 아니어서 그런가, 분유 사다달라는 건 좀 이해가 안 가요.'라고 하자 나도 조심스럽게 고개를 흔들었다. 그래도 조카 방을 꾸밀 붙이는 벽장식을 산 건 재미있었다고 한다. 내가 그게 뭐지 하는 표정을 지었는지 그는 인터넷을 뒤져 붙이는 벽장식을 직접 보여주었다. 집 꾸미는 데 관심 없던 나라 그런지 처음 보는 것들이었다. 예쁘다, 예쁘다 감탄하면서 스크롤을 쭉쭉 내리다 보니 그중에 더 눈에 들어오는 것이 있다. 가로등 옆의 고양이 한 마리.

여름 끝자락, 미국에 사는 형의 집에서 두 달 가까운 여름 휴가를 보내고 온 그는 또 두 달도 지나지 않아 있을 타이완 출장 일정을 알려주었다. 아직 그를 나의 남자친구라고 부르지 못했던 나는 웃으면서 말했다. '이건 장거리 연애 같아요. 아, 부탁 하나 해도 될까요?' '당연하죠.' '그럼 지난번에 맛보았던 파인애플 과자를 사다줄 수 있어요?' '응 그래요. 또 뭐 없어요?' '아, 그리고 그때 보여준 붙이는 벽장식 있잖아요, 나 그거 하나 사고 싶어요.' 그는 그러겠다며 갑자기 웃었다. 영문 모를 웃음이었다. '아. 사실은 그걸 당신 생일 선물로 사려고 했어요. 고양이 있는 그거 좋아하죠? 잘 됐네, 우리 같이 골라요.' 그는 내게 벽장식을 하나 더 고르라고 하더니 선물이 방에도 키 재는 걸로 하나 붙이자고 제안했다. 요즘 우주에 관심 있는 선물이 방에 우주선을 붙여주기로 했다.

출장에서 돌아온 그가 선물을 안기자 떠올랐다. 아마 나는 세상에서 손재주 없기로는 몇 손가락 안에 들 거라는 걸. 그를 올려다보며 말했다. '이거, 나 혼자 못해요.' 그는 당연하다는 목소리로 말한다. '응, 같이 해요, 어디다 할지 생각했어요? 난 가로등과 고양이는 여기가 어울린다고 생각해요.' 그가 가리킨 곳은 내가 떠올린 자리는 아니었지만 딱

가로등 자리다. 이 사람은 우리 집을 알고 있구나.

아이가 없는 날, 벽장식을 붙여놓으니 집이 많이 달라 보였다. 집에 온 아이는 신이 났다. '엄마, 우리 집에 이제 고양이가 있네!' 나도 선물이만큼이나 신이 나서 사진을 찍어 친구들에게 보냈다. 어디서 샀냐는 친구들의 물음에 아이처럼 자랑했다. '이거 타이완에서 산 거야.' '음… 스웨덴에서도 살 수 있을 걸.' 맞다. 스웨덴 웹사이트에서도 찾을 수 있었다. 가끔 뭔가를 꼭 어느 지역에서만 살 수 있다고 생각하고 있는 나의 모습을 보면 어찌나 80년대의 사람인지 우습다. 하지만 알고 있다. 나는 저 장식이 드물다고 생각해서 기쁜 게 아니다. 그 특별함은 생일이 아직도 많이 남았던 그때 그가 내가 좋아하는 걸 기억하고 선물할 계획을 했다는 사실과, 그와 함께 벽장식을 고르고 적당한 자리를 찾아 같이 붙이는 그 시간들에 있었다.

장식은 더러워질 테고, 언젠가 떨어진다. 하지만 내가 간직하고 싶은 것은 어차피 물건이 아니다.

이제는 하나의 일상이 된 그와 함께 먹는 화요일 저녁, 밥을 먹고 나면 아이와 아이스크림을 먹고, 그 시간을 한참 기다려온 아이와 함께 보드게임을 한다. 아이와 그가 주사위를 던지는 동안 나는 벽에 자리잡은 가로등과 고양이를 마치 풍경처럼 바라보았다. 내 시선을 따라가던 그가 말했다. '우리, 참 잘했다고 생각해요.' 나는 웃었다. '우리가 잘한 게 아니라 당신이 잘한 거죠. 난 거의 한 게 없어요, 저기 작은 새들만 붙였는데.' 그는 미소지으며 다시 말했다. '우리가 잘한 거예요.'

○　　　아무도 사라지지 않는 곳

'아무도 사라지지 않았어.' 선물이가 말한다.

이 문장은 내가 좋아하는 스웨덴 동화책《누가 사라졌나?》에서 나온 문장이다. 이 책은 영어로 번역하자면 "Now it is good, no one is gone now."라는 문장으로 끝난다. 한국어로는 '이제 괜찮아, 아무도 사라지지 않았어.' 정도일까. 이 책을 읽은 뒤 선물이는 낯선 도시 한복판에서 겨울 찬바람 맞으며 걸어 다니다가도 뜬금없이 말하곤 한다. '엄마, 아무도 사라지지 않았어.' 그러면 나는 아이를 안고 속삭였다. '응, 아무도 사라지지 않았어.'

이모들과 점심을 먹었다. 이모들은 나이가 들수록 서양 동화책에 나오는 이모들 같다. 소리 높여 이야기하고, 무슨 말에도 웃음으로 대답하고, 손을 마구 흔들며 선물이에게 마치 고양이한테 하듯 말을 건다. 그러면 선물이는 무슨 말을 하는지도 모르며 따라 웃고, 뛰고, 자기 방식대로 대답한다. 익숙하지 않은 건 절대 먹지 않는 선물이라 내가 도시락까지 준비했는데 이번 점심에는 떡갈비를 혼자 다 먹었다. 마치 이모할머니들이 사주는 것이니 잘 먹어야 하는 걸 아는 양. 이모들의 신난 웃음소리는 또 한 옥타브가 올라간다. 저녁때가 되어 이모들이 현관에서 신발을 신자 아이는 스웨덴어로 소리친다. '가지 마세요!(스탄나! Stanna)' 이모들이 손을 흔들고 웃으며 인사한다. '선물아, 우리 곧 또 봐.'

서울에 오기 전에 걱정이 많았다. 낯설기만 한 사람들 속에서, 갓난아기 때 이후 처음 찾는 곳에서 아이는 괜찮을까? 침대도 없는데 잘 자고 잘 먹고, 그럴 수 있을까? 그런데 아이는 첫날부터 적응이 필요 없었다. 한국 과자에 아이스크림을 먹으며 삼촌 옆에서 잠들었다. 새해 첫날 이제는 나를 못 알아보시는 외할머니를 만나러 갔을 때, 닭발처럼 마른 할머니 손을 보고 나는 놀라 움찔하는데 아이는 그 손을 꼭 잡았고, 귤을 까서 할머니께 드렸다. '이분이 네 증조할머니야, 선물아.' 집에 돌아오는 길에 엄마는 선물이가 너무 착하고 따듯한 아이라고 자꾸만 말했다. 아이가 나의 가족들 사이에서 편한 걸 보며, 까르르 웃는 걸 보면서 안다. 아이는 내가 편한 곳에서 편하구나. 엄마가 편하니까 여긴 괜찮은 곳이라고 느끼는구나. 엄마를 믿으니까. 아이의 사랑은 이렇다. 이렇게 조건 없는 사랑이다.

엄마 아무도 사라지지 않았어. 이제는 괜찮아.

○　　　　푸른 셔츠를 사고 싶다

　　　간만에 여름이다 싶게 해가 뜨겁던 오늘 오후, 시
내를 거닐다 옷 가게 앞에서 잠시 멈추었다. 가게 앞에 걸린
푸른색 셔츠가 맘에 든다. 옷깃은 짙은 하늘색인데 점점 깊
어지며 소매 끝과 셔츠 밑단은 파란색이다. 원래 이렇게 색
깔 번지는 듯한 옷을 좋아하지 않는데 굉장히 자연스럽다.
어찌나 맘에 들던지 가격표까지 봤다. 천이 얇으면서 딱 보
기에도 형태를 잘 유지한다. 그한테 어울린다.

　　그의 생일이 다가온다. 사고 싶다. 상황이 다르다면, 그
가 여기에 있었다면, 샀을 것이다. 지금은 사도 그에게 줄

수 없다. 그가 아닌 사람들 중엔 이 옷이 어울린다고 생각되는 사람도, 주고 싶은 사람도 없다.

　작년 그의 생일에도 이 가게에서 산 셔츠를 선물했다. 참 신기했다. 그전에는 보이지 않던 남성복 파는 가게들이, 매 번 가는 시내에서 늘 그곳에 있던 가게들이 갑자기 눈에 들어왔다. 미국에 사는 형의 집을 방문했던 그가 돌아왔을 때 공들여 준비한 점심을 먹고, 후식으로 블루베리 화이트 초콜릿 무스 케이크와 커피를 마시면서 선물을 주었다. '선물까지? 정말?' 그가 입어보면서 맘에 들어하던 모습이 생생하다. 그날 헤어지기 전에 그는 말했다. '오늘 정말 행복했어요, 정말 고마워요.' 그 순간을 위해 내가 한 모든 것이 그의 눈에는 보였던 것 같다. 그는 눈에 보이지 않는 것을 볼 줄 아는 사람이었다.

　그가 가는 것이 정해진 뒤 스쿨튜나의 놋 촛대를 하나 샀다. 언제 함께 스쿨튜나의 웹사이트를 구경했을 때 그는 그 촛대를 보고 말했다. '아, 이거 정말 멋지네요.' 그때 이미 언젠가 선물해야겠다고 마음먹었다. 가야 한다고 해도, 가벼우니까 괜찮겠지 하며.

아직 아픔이 너무 생생해서 5분마다 울 수 있었던 시기의 어느 저녁 그에게 선물을 주었다. 그는 살짝 놀란 표정으로 상자를 열고 숨을 들이쉬었다. 내가 기억하는 걸 그는 알고 있다. 잠시 있다가 그는 말했다. '이거 당신이 가져요.' 그때 나도 가지고 싶다고 말했던 걸 그도 기억했다. '왜요? 당신 주려고 산 거예요.' 짧은 침묵이 흐른 후 그는 말했다. '그러면 기쁘게 받을게요.' 복잡한 미소를 지었다. '이게 마지막이에요. 이제 더 선물 사지 말아요.' 나도 웃으며 답했다. '그럴 생각도 없었던 걸요.'

마음은 변하지 않았는데 상황은 변했다. 행동도 변했다. 생일이 오면 더운데 잘 있느냐고, 생일 축하한다고 메일을 보내야겠다. 아마도 그는 알고 있을 것이다. 내가 그리워하니, 기억하니 메일을 보낸다는 걸. 그는 쓰여 있지 않는 말들의 속삭임을 들을 수 있는 사람이다.

수저 하나만 더 올려놓으면 된다

○ **엄마는 모든 것에**
  감사하게 되는구나

　　지난 목요일, 자폐아 부모 교육에 처음으로 다녀왔
다. 대부분 부부가 나란히 온 사이에 홀로 앉아서 준비해온
펜과 노트북을 펼치고, 기다리는 시간 소피아가 전화를 걸
어왔다. '오늘이 교육일 맞지? 거북이는?' 소피아의 어제만
해도 멀쩡하던 목소리는 감기로 완전히 쉬어 있었다. 혼자
있다니까 잠시 아무 말도 않는다. '그렇구나. 아파서 금요일
에 출근 못 할 것 같으니 월요일에 보자. 교육 잘 받아.'

　　먼저 소개 시간이 있었다. 부모들은 돌아가면서 누구의
부모인지, 아이가 어떤 진단을 받았는지 말했다. 교육 프로

그램을 지도하는 아동심리학자가 어느 엄마가 쓴 글을 읽어주었다. 이 엄마의 아이는 정신지체아다. '… 그 순간 어른이 돼서 대학에 갈 카이사, 사랑에 빠지고 결혼을 하고 엄마가 될 내 딸 카이사는 죽었다.'라는 대목에 이르자 듣던 한 사람이 소리 내어 흐느꼈다.

나 역시 그 자리에 있었다. 선물이의 뇌에 손상이 있을지도 모른다는 의사의 전화를 받은 뒤 나는 사무실 바닥에 주저앉아 울었다. 헨릭이 '선물이는 변함이 없어.'라며 나를 위로하려 하자 내가 말했다. '그렇지만 내가 그릴 수 있는 아이의 미래는 변하잖아.' 헨릭은 나를 일으켜 세우더니 말없이 자기가 마시던, 아직도 온기가 남아 있던 차를 건네주었다.

자폐아 진단을 어떻게 내리는가에 대한 설명을 들으며 나는 자꾸만 선물이는 그렇지 않은데, 이런 면은 전혀 선물이와는 다른데, 생각했다. 진단을 받은 날 내게 담당 아동심리학자 카타리나가 말했다. '당신이 이 진단을 받아들이기 힘들다는 걸 이해합니다. 선물이가 당신과 함께 있을 때 나도 이 아이는 자폐아가 아니라고 생각했으니까요. 당신과 선물이는 아주 가깝고 서로 잘 이해해서 당신은 미리 선물이에게 이런저런 행동을 하게 인도하고, 또 선물이도 당신과 함께 있으면 그걸 합니다. 이건 좋은 신호예요. 아이가 완전히 닫혀 있지 않다는 의미니까요. 얼마든지 발전할 수 있어요.'

기본적으로 자폐아는 자신 밖의 세상에 별 관심이 없다고 한다. 그래서 언어 발달이 부진하고, 다른 사람과 시선을 맞추지 않고, 다른 사람의 감정을 이해하지 못하며, 자기 동년배들과 사회생활을 하지 않는다. 즉, 같이 어울려 놀지 않는다. 선물이는 분명히 말이 느리다. 4월이면 만 다섯인데 아직 두 살 반 정도의 언어를 구사한다. 지난여름까지는 친구들한테도 별 관심이 없었다. 요즘에는 그렇지 않다. 특히 유치원의 카밀라와 사랑에 빠진 뒤로. 카밀라 말만 나오면 '오 카밀라, 카밀라'라고 해서 선물이가 카밀라를 사랑한다는 걸 알았다. 내가 이 이야기를 하자 유치원의 모든 선생님이 웃으면서 고개를 끄덕거렸다. 언젠가 카밀라 아빠와 마주쳤는데 그는 선물이가 항상 자기도 꼭 껴안아준다면서, 우리 딸을 너무 좋아한다며 재미있어 했다.

어제 시내 도서관에 친구 헬레나와 아들 알바르를 만나러 갔다. 버스 안에서 선물이에게 조금 있으면 알바르를 만난다고 말해주었는데 별 반응이 없었다. 버스에서 내려 도서관으로 가는데 선물이는 저기서 기다리는 알바르와 헬레나를 보더니 '알바르!'라고 외치면서 달려갔다. 아이들은 서로를 보고 활짝 웃으며 팔짝팔짝 뛰었다. 도서관내 어린이 코너에는 작은 성이 있다. 이 작은 성의 사방에는 탑이 있고 그 탑 아래 공간에는 아이들이 앉아서 책을 읽을 수 있게 되어 있다. 탑들 사이에는 벤치가 있고, 쿠션들도 많고, 선물이는 탑 아래에서 책을 읽다가 탑과 벤치 사이의 구멍으로 쿠션을 밀어 넣어 한 구석으로 옮기더니, 이제는 벤치로 와서 다시 탑 쪽으로 쿠션을 밀었다. 그때 어디서 나타난 건지 선물이보다 조금 더 큰, 로케라는 처음 보는 사내아이가 나타나서 장난을 걸었다. 선물이는 마치 어제도 같이 놀았던 사이처럼 소리 지르듯 웃으면서 로케와 베개 싸움을 벌였다. 처음으로 낯선 아이와 깔깔대는 선물이의 모습을 보는 내게 그 소리는 음악 같다.

점심때가 되어 레스토랑 쪽으로 걸으며 '판커카(pancake) 먹을래?' 했더니 요즘 들어 복수를 깨우치기 시작한 선물이가 판커코르나(the pancakes)라고 고쳐 말한다. 이제 복수로도 잘 말하는구나!

몇 주 전 교회에서 세례받으러 온 아가가 울자 선물이는 누가 말리기도 전에 아기한테 다가가더니 이마를 쓰다듬어 주었다. 그러자 아기가 울음을 뚝 그쳤다. 아이의 엄마는 그냥 웃으면서 '참 착한 아이네.'라고 했지만 나한테는 큰 사건이었다.

선물이의 작은 발전들은 나한테는 큰 희망이다. 큰 위안이다. 행복이다.

선물아 엄마는 모든 것에 감사하게 되는구나.

○　Mommy, I have you

　　친구네 집 샴푸에서는 어릴 적 썹었던 노란색 포장지에 싸여 있던 달콤한 껌 냄새가 났다. 헤어살롱에서만 살 수 있는 비싼 샴푸는 그렇게 나를 아스팔트 포장도 되어 있지 않던 동네로 데려간다. 얼마나 다른 세상인가, 지금 스웨덴의 요떼보리(고텐버그)와 70년대의 면목동이라니.

　　오사가 요떼보리로 이사 간 건 적어도 오 년 전이다. 오사는 몇 번이고 오라고 했지만 기차 타고 3시간 20분 걸리는 곳을 아이 데리고 다녀오는 것도 큰일이고, 또 오사가 가족을 만나러 린셰핑을 종종 찾는 덕에 이래저래 자꾸 미뤄졌다. 이번 여름휴가 때 아이를 데리고 가볼까 싶어 날짜를 맞추려고 했더니 오사가 휴가 때 집에 없다. 오사는 오사의 휴가를 가야 하니까 아무래도 포기해야겠다고 생각하는데 오사가 아파트 열쇠를 줄 테니 며칠 있다 가라고 했다. 아파트를 빌릴 수 있다는 생각은 해본 적 없는데, 스웨덴 친구들은 아무 일도 아닌 듯이 내게 집을 빌려준다.

처음 가본 오사의 요떼보리 집은 오사가 없어 이상하지만, 둘러보면 이곳으로 이사 오기 전 오사의 린셰핑 집과 비슷하다. 같은 소파에 같은 책들. 내 친구의 집은 내 집과도 비슷하다. 적당히 깨끗하고 우리 집에 먼지 있는 곳에 먼지가 있다. 그래서 더 편하다.

오사의 집은 60년대에 지어진 아파트다. 그저 사는 용도로, 기능에만 충실하게 지은 건물들. 바로 뒤로는 다른 세기에 지어진 아파트들이 있는데 발코니며 창이며 모두 좀 더 아름답고 보기 좋게 지으려는 의도가 느껴진다. 요떼보리는 어딘가 베를린을 떠올리게 한다. 요떼보리 사람들은 스웨덴 사람들 중에 개방적이기로 유명한데 아마 그래서 인지도 모르겠다. 한편 스웨덴에서 두 번째로 큰 도시인 이곳에서는 역사가 오래된 도시의 전통과 안정감 또한 느껴진다. 일요일 아침 산책을 하니 한국 사람들이 서양 하면 상상하는 예스런 건물의 잘 가꾸어진 화분이 가득한 발코니에서 아침 먹는 사람들이 보인다. 삽화 같다. 무엇보다 여기서는 책을 읽고 있으면, 모르는 사람이 다가와서 '이 책 진짜 좋지요? 갈수록 더 좋아져요.'라고 말을 걸어와도 이상하지 않다.

　아이를 데리고 가는 휴가에서는 어린아이들의 도시를 만나게 된다. 아이는 놀고 나는 바라본다. 아이들은 참 쉽게 다른 아이와 어울리는구나. 동네 슈퍼마켓 앞의 물 놀이터에서 다른 아이들은 친구, 동생이랑 있는데 선물이는 혼자 첨벙거렸다. 그런데 어느새 누가 버리고 간 플라스틱 자동차를 주워서는 혼자 온 여자아이와 놀고 있다. 아이들의 옷음이 물장구처럼 번져갈 때, 여자아이의 이탈리아인 할아버지가 영어로 웃으며 내게 말한다. 'He is beautiful, very nice, very very nice.' 다음 날 바로 3분 거리에 있는 요떼보리에서 제일 큰 공원의 놀이터에서도 선물이는 혼자 놀이기구를 타는 여자아이 옆에 다가갔다. 함께 빙빙 돌아가는 놀이기구를 타고 놀다 내리더니 선물이는 마치 당연한 수순이라는 듯 아이에게 말했다. '우리 저 큰 미끄럼틀 타러 가자.' 둘은 손을 잡고 공원 이곳저곳을 돌아다녔다. 여자아이는 엄마가 간식 먹자고 해도 신경 쓰지 않는다. '엄마 나, 내 친구랑 더 놀 거야.'

아이들에게 친구란 단순하고 쉽다. 혼자 노는 것보다 같이 노는 게 더 재미있고, 같이 놀면 친구다. 우리는 언제 이렇게 친구가 되는 능력을 잃은 걸까. 누구나 다 처음 보자마자 믿어도 되는 건 아니라는 걸 누가 나한테 가르쳐주었는지, 나 또한 다른 사람한테 그런 걸 가르쳐준 사람은 아니었는지 잠깐 생각한다.

어른에게는 두려움이 더 많다. 요떼보리에 가기 며칠 전부터 나는 선물이를 붙들고 누누이 거기는 모르는 곳이니까 엄마한테서 떨어지면 안 된다고 말했다. 아이가 5미터만 떨어져도 선물아 선물아 불렀다. 마지막 날 저녁, 숲 전망대에 올라갔다 돌아가는 길에 앞서 달려가는 아이를 부르니 계단에서 기다리던 아이가 손을 잡으며 말했다.

'Mommy, I have you.'

면목동에서 여기까지 나는 여행 아닌 여행 중이다. 선물이 같은 길벗이 있어 다행이다.

○   사람에게 필요한 공간

그 사람들에게 나는 분명 길을 잃고 엉뚱한 무리에 섞여든 한 마리의 낯선 새 같아 보였을 것이다. 스웨덴에 사는 러시아계 유태인 율리의 장례식에 자리한 단 한 명의 동양인.

모두 올가의 집에 모여 장례식 장소로 향했다. 우리가 사는 린셰핑에는 유태인 묘지는 없어서, 차 타고 30분쯤 걸리는 노르셰핑으로 가야 했다.올가의 집에 도착하자마자 올가와 마르크뿐 아니라 처음 보는 아저씨 아줌마들까지 그

렇게 입고 있으면 추울 거라며 모자를 주겠다 장갑을 주겠
다 부산을 떨었다. 나도 모르게 소리 내 웃으면서 헨릭에게
이분들께 나 추위 안 탄다고 좀 말해달라고 했지만 긴장한
헨릭은 아무 반응도 없었다. 율리는 헨릭의 할아버지다.

알고 보니 헨릭 친척 어른들의 걱정은 호들갑만은 아니
었다. 교회 안에서 장례식을 치를 줄 알고 옷을 입었는데 알
고보니 유태인의 장례식은 묘지, 즉 야외에서 이루어진다.
더군다나 불과 며칠 전까지만 해도 따뜻했는데 그날은 어
찌나 바람이 불던지 다리가 후덜덜 떨렸다.

묘지 주차장에 도착하자 누군가가 차 문을 두드리더니
오랜만에 만난 친구처럼 양손을 흔들며 인사를 했다. 차 밖
으로 나오자마자 나는 헨릭의 사촌 일렌느라며 자기를 소
개했다. 그 어투에는 이미 내가 누구인지는 잘 알고 있다는
뜻이 담겨 있었다. 그녀는 코트를 벗고 스웨터 하나를 더 껴
입으며 말했다. '그렇게 입어서는 추울 텐데, 이따가 추우
면 말해요. 나랑 이 스웨터 번갈아 입어요.' 또 검은 돌 두 개

를 주면서 일러주었다. '원래는 하얀 돌을 준비했어야 했는데 내가 가지고 있는 게 검은 돌 뿐이에요, 이따가 무덤 옆에 놓으세요.' 그녀는 옆에 있던 그녀의 스웨덴인 남편을 향해 몸을 돌렸다. '우리 할아버지는 옷 잘 입고, 멋있게 보이는 걸 중요하게 여겼어, 내가 그냥 찾아가면 어찌 이런 모습으로 나한테 올 수 있냐며 반 장난으로 화내셨지. 나 예뻐?' 그녀는 다시 나를 보며 웃었다. '우리 중에 제일 예쁘게 입고 왔네요, 할아버지가 자기 손녀인 줄 알겠다.' 헨릭 집안 여자들은 어쩌면 이렇게 같은 집안의 남자들과 다를까. 이토록 쉽게 마음의 문을 휙휙 여는 걸까. 저만치 떨어져서 혼자 생각에 빠져 있는 헨릭을 바라보았다. 헨릭이 율리에 대해 해줬던 이야기가 떠올랐다.

'우리 할아버지는 무신론자였는데 평생 한번은 기도를 하셨지, 2차 대전 중이었는데, 어느 순간 기도가 나오더래. '하나님 죽지 않게 해주십시오, 그리고 부상을 입게 해주십시오.' 그런데 그 기도가 이루어져서 다리에 부상을 입으신 거야. 그래서 병원으로 옮겨져 석 달간 치료를 받으셨지. 덕분

에 그 부대 사람들이 대부분 전사한 스탈린그라드 전투에서 빠질 수 있었대.'

율리가 그런 시간을 신앙 없이 버틸 수 있었던 건 긍정적이었던 탓일까 회의적이었던 탓일까? 헨릭과 일렌느를 보면 어느 쪽인지 좀처럼 알 수 없다.

온 집안이 무신론자여도 장례식은 유태교 전통을 따른다. 신에게 감사하고, 기도한다. 한 장례식이 스웨덴어, 러시아어, 히브리어가 섞여서 완성됐다.

일렌느가 러시아어로 할아버지를 생각하며 지은 시를 낭독하자 사람들은 웃고 울었다. 남들 앞에서 울지 못한다고 했던 헨릭도 다른 이들과 눈물을 나눴다.

율리의 관이 내려갔다. 살아 있을 때 필요한 방, 차, 아파트, 정원 그 모든 공간에 비해 참으로 좁은 관을 보면서, 아죽은 뒤 사람이 필요한 공간은 이렇게 작구나, 그 작음에 돌연히 놀랐다.

식이 끝나고 나서야 헨릭이 다가왔다. '우리 이모네에서

점심 먹을 거야. 같이 갈 거지?'

'기꺼이.'

막상 가보니 헨릭의 이모네에 모인 사람들 중 집안의 절친인 보리스 아저씨 빼고는 가족이 아닌 사람은 나뿐이고, 러시아어를 모르는 사람도 나뿐이다. 왁자지껄한 리시아어로 서로 할아버지를 추억하는 그 시간, 헨릭과 헨릭의 동생인 또 다른 보리스가 중간중간 스웨덴어로 해석해주었지만 대부분 한 마디도 알아들을 수 없는 수다 속에서도 이상하게 이방인이란 느낌이 들지 않았다. 음절 음절은 이해할 수 없어도 할아버지에 대한 그들의 애정이 전해지는 기분이었다. 그리고 같은 따뜻한 마음으로 나 역시 당연하게 받아들이고 있음을 알았다.

차와 파이가 나왔다. 레몬 파이는 젊은 보리스가 만든 것이었다. 보리스에게 내가 헨릭과 친구가 되기 전 헨릭이 만들어준 무척이나 빽빽했던 초콜릿 케이크 이야기를 하자 이미 내 솜씨를 알고 있는 보리스가 씩 웃었다. '예의를 생각해서 겨우 먹었는데 그런 케이크를 준 걸로도 모자라서 묻잖아. 케이크 어땠냐고. 그래서 그랬어. 초콜릿 맛이 난다고.' 보리스는 그때의 헨릭처럼 크게 웃음을 터트렸다. 당시의 헨릭도 지금의 보리스도 그 엄청나게 예의 차린 말의 뜻을 알고 있다. 보리스의 레몬 파이가 헨릭의 케이크보다 낫다고 하자 보리스가 예리하게 지적했다. '그건 단지 먹을 만하다는 말이잖아요. 맛있다는 말은 아니라고요.' 어느새 헨릭도 옆에 와 있길래 한마디 했다. '헨릭, 보리스가 구운 것은 먹을 만할 뿐만 아니라 맛도 있어.' 그는 지지 않으려고 했다. '나도 이런 치즈케이크는 잘 구울 수 있다고.' 그때 보리스와 나는 동시에 외쳤다. '치즈케이크가 아니라 레몬 파이야.' 우리는 웃음을 터트렸다.

살아 있는 사람들은 더 큰 공간이 필요하다. 혼자가 아니니까. 다른 사람들과 웃음과 눈물, 차와 케이크 그리고 추억과 사랑을 나누어야 하니까.

○ **내가 너한테 주려는 건**
연어일 뿐이야

　　며칠 전 헨릭이랑 세닉에서 점심을 먹는데 아무 생
각 없이 (즉, 세닉을 절대 이런 음식을 제대로 할 줄 아는 곳이 아니
라는 걸 잊어버리고) 양고기를 시켜버렸다. 아, 이건 어린 양
(lamb)이 아니라 다 큰 양인 모양이었다. 다 큰 양의 고기는
여기서는 명칭도 다르다. 그리고 절대 못 먹는다. 누린내 나
고 질기다. 두 입 먹고는 포크로 접시만 긁다가 헨릭 감자
튀김 좀 먹다가, 샐러드를 끼적이길 한참, 헨릭이 접시를 내
밀었다. '뭘 좀 더 먹어, 내 감자튀김이라도 더 먹어.' 시키는
대로 몇 개 집어 소스에 찍어 먹던 중 불현듯 한 이 년 반 전

쯤 일이 생각나 말했다. '이거 몇 년 전에는 절대 불가능한 일이야.' 무슨 뜻인지 몰라 눈을 동그랗게 뜨는 헨릭을 보면서, '왜, 내가 너한테 내 연어 먹으라고 했던 때 기억해?'라고 물어보자 헨릭은 특유의 웃음소리를 냈다. 그의 웃음은 손가락 두 개로 피아노 한 옥타브를 죽 칠 때처럼 낮게 시작해 높아진다.

헨릭은 2010년 2월 내 연구 프로젝트에 아르바이트 할 학생을 찾다가 만났다. 심리학 프로그램에 공고를 내고 지원한 학생들의 메일을 검토하다가 두 학생들에게 인터뷰를 요청했다. 한 명은 답을 아예 안 했고 (우리는 가끔 프란츠한테 감사하다고 농담을 한다) 헨릭은 무려 한 시간 늦었다. 뭐 이런 녀석이 있나 했는데 헨릭은 숨도 못 돌리면서, 눈 때문에 (그해 스웨덴에 폭설이 내렸다) 버스가 오질 않았고, 어쩌고저쩌고 열심히 설명하면서, 정말 눈에 띄게 늦게 온 것을 괴로워했다. 그래서 나는 화를 내는 대신 위로를 했다. '괜찮아요, 다 그럴 수 있죠, 무슨 미팅이 있는 것도 아니고.' 집에 도착해 내가 잘한 건가 고민하자 거북이는 그랬다. '세상에 어떤 바보라도 앙케트를 부칠 수는 있으니 걱정 말아.' 나중에 헨릭은 그때 내 반응에 정말 놀랐다며, 그 이후로도 가끔 왜 화를 내지 않았냐고 물어왔는데, 글쎄 처음 보는 타인한테 그런 시시한 일로 화를 내는 것만큼 에너지 낭비가 있을까?

앙케트를 부치는 것부터 시작해 이런저런 일을 함께하다 보니, 일 년쯤 지나고 나자 서서히 서로를 친구라 생각하게 되었다. 헨릭 말대로 유별나게 대화가 잘 통했던 것 같기도 하고, 뭐라 설명할 수 없는 이유가 있었던 것 같기도 하다. 우리는 한국에서는 친구가 될 수 없을 정도로 나이 차이가 나지만, 그는 내가 아는 사람 중 지적이기로는 두 손가락 안에 들어 문제되지 않았다. 앙케트는 확실히 보낼 수 있었다.

하지만 헨릭과 가까워지는 데는 시간이 걸렸다. 연어 사건만 해도 그랬다. 내 일을 도운 지 이 년쯤 지나 같이 점심 먹기 시작한 때였다. 줄 서는 내내 연어를 먹겠다던 그가 막상 다른 걸 주문했다. 나는 연어를 주문했으니까 좀 나눠줄 생각이었다. '내 연어 좀 먹을래? 가져가.' 그러자 그는 엄청나게 당황했다. '아니아니, 괜찮아요.' 분명 이때 그의 말은 한국말로 번역하면 존댓말이었을 것이다.

'난 말이지 그때 네 얼굴을 보면서, 남들이 보면 내가 아주 이상한 제안을 한 줄 알겠다고 생각했다니까.'

'하하하, 이상하지, 네 접시에 있는 음식을 먹으라니, 침이 섞이면 어쩌려고.'

'푸하하, 그래서 내가 칼질하기 전에 가져가라고 했잖아. 아무튼 그때 너보고 말할 뻔했어. '내가 너한테 주려는 건 연어일 뿐이야.'라고.'

이미 반쯤 먹은 그의 접시 위 감자튀김 하나를 소스에 찍은 뒤 입에 넣었다. 우리는 한참 웃었다.

완벽하게 맞는 사이는 아니다. 서로 더러 짜증도 내고, 화도 낸다. 하지만 그의 말처럼, 우리는 여전히 서로를 이해하려고, 이 관계를 지키려고 노력 중이다. 그래서 다시 '우리'가 될 수 있다.

○　위안의 하루

　　　　어젯밤 선물이는 선물로 받은 경운기 장난감을 손
에 꼭 쥐고는 두 발은 내 무릎에 대고 잠이 들었다.

　　담장 낮은 스웨덴식 주택의 대문을 열자 우리를 기다리
고 있던 올가가 문을 열었다. 가는 버스 안에서 우리는 지금
올가네 집에 간다, 올가는 헨릭 엄마야 열심히 말해주었더
니 선물이는 일단 처음 보는 올가를 향해 달려갔다. 그런데
막상 그 앞에서는 딱 멈추더니, 눈을 동그랗게 떴다. 뭘 해
야 하는지 모르는 얼굴이었다.

올가의 집은 꽤 큰 이층집이다. 1층은 부엌, 화장실 두 개, 거실을 포함한 방이 여섯, 2층은 화장실 하나, 부엌 그리고 거실을 포함한 방이 네 개다. 대가족이 살 수 있는 이 집을 지금은 세 명이 거의 2층만 사용하고 있다.

선물이는 뭘 잘 먹냐는 문자를 받고서야 올가가 식사도 준비할 생각이라는 걸 알았다. '약속이 세 시니까 케이크 먼저 먹죠, 선물이 오늘 하루 종일 케이크 노래 불렀어요.' 커피를 내리는 시간 동안 나와 선물이는 2층에 올라가 마르크(헨릭 아빠)한테 인사하고, 앞치마 두르고 요리하고 있는 헨릭에게도 인사하고, 선물이는 깜짝 선물로 농장세트를 받았다. 집도 있고 동물도 있고 경운기까지 있다. 간식으로 딸기까지 먹은 선물이는 신이 나서 거실에서 선물을 뜯어 바로 놀기 시작했다. 선물이랑 올가는 노느라, 헨릭은 요리에, 마르크는 축구에 정신이 팔려서 나 빼고는 아무도 커피 마실 생각을 안 했다. 결국은 내가 '저 진짜 커피 마셔야 하는데요.'라고 말하고서야 티타임이 시작됐다.

케이크는 초콜릿 시트에 딸기 무스가 올라가 있는데, 선물이는 무스만 먹고 헨릭은 초콜릿 시트만 먹었다. 올가는 헨릭에게 아니 이 맛있는 걸 그렇게 먹는다며 타박했지만 나는 알고 있었다. 헨릭은 초콜릿만 먹는다. 툴툴대는 헨릭을 놀렸다. '네가 이럴 줄 알았지. 그런데 네 생일은 아니잖아? 대신 네가 좋아하는 해물전 만들어왔어.' 마르크는 그런 우리가 우스운지 껄껄 웃었다. 올가는 헨릭이 남긴 무스를 먹으면서 레시피 배울 겸 같이 이 케이크를 집에서 만들어 보고 싶다고 했다.

케이크를 먹고 나자 올가는 선물이를 데리고 이런저런 카드놀이도 하고, 선물이가 맘에 들어하는 건 다 주려고 했다. 헨릭과 보리스가 가지고 놀았던 장난감도 꺼내왔다. 머리 없는 인형, 팔 없는 인형, 색색의 블록들. 헨릭과 보리스의 어린 시절이 보였다.

올가는 내게 저리 가 있으라며 선물이와 단둘이 1층에서 놀기 시작했다. 할 일을 찾지 못한 나는 잠시 헨릭의 침대를 빌리기로 했다. 그의 방에는 언젠가 내가 남아공 국립 자연 공원에서 찍은 사진으로 만든 엽서가 있었다.

올가가 부르는 소리에 겨우 눈을 떴다. 순간 내가 어디에 있는지도 모르도록 깊이 잤다. 나가보니 어느새 헨릭의 이모도 크림빵을 사들고 나타났다. 선물이는 벌써 크림빵 하나를 크림만 맛있게 발라 먹고 올가랑 다시 숫자놀이를 하고 있었다. 혹시 엄마를 찾지 않을까 싶어 '엄마 여기 있어.' 라니까 살짝 눈만 마주치고 관심이 없다.

올가와 선물이의 카드 놀이가 끝나지 않아 타고 가려던 버스를 놓치고 다음 버스를 기다리려니 장난감을 정리하던 헨릭이 물었다. '이 장난감 중에 선물이가 특별히 좋아한 게 있어?' 탱크 하나를 짚어주자, 헨릭은 즐거운 듯 웃는다. '이거 소련제야. 내가 어렸을 때 이민 올 때 가지고 왔어, 내가 제일 좋아하던 장난감이야. 선물이 곧 생일이니까 줄게.' 난 역시 엄마다. 선물이 생일 챙기는 사람이 좋다. 헨릭이 내게 탱크를 내밀었지만 직접 주라고 한 뒤, 내 몫으로 레고인형까지 받아냈다. 곧 올라온 선물이에게 헨릭은 탱크를 건네자 선물이는 썩 마음에 들었는지 내가 뭐라고 하기 전에 탁 (감사합니다) 하고 인사했다.

집에 가는 버스가 올가 집을 지나가자 선물이가 나지막하게 말했다. '안녕 올가.'

선물이가 잠이 들고 나서, 다시 혼자 있게 되었다. 어제이 시간 나는 내가 절대로 하지 않는 일을 했다. 울며 엄마에게 전화를 했다. 그리고 새삼 깨달았다. 그 지옥 후에 오늘이 얼마나 큰 위안이었는지. 그리고 선물이가 나를 혼자 내버려두고 처음 보는 누군가와 이렇게 긴 시간 논 건 처음이라는 것도. 올가에게 감사의 메시지를 보냈다. 올가의 답장은 다정하다. '우리도 너무나 행복했다, 나랑 선물이는 좋은 친구가 될 거야. 그리고 네 케이크 정말 맛있어.'

조용히 자는 아이 얼굴을 본다.

사랑한다. 그리고 이 아이가 사랑받아서 행복하다.

○　관계 구축 방식,
　　　혹은 함께하는 법

　　　몇 년 전 폴란드에 일종의 교환교수로 단기간 방문하고, 몇 달이 지난 뒤 그쪽 대학에서 서명해달라며 서류를 보내왔다. 그런데 그 서류가 온통 폴란드어로만 되어 있고, 내용이 어떤 건지 설명도 없어서 토마스(교수님)에게 서류를 스캔해서 메일로 보내면서 내용이 뭔지 간략한 설명을 부탁했다. 간단한 설명과 함께 서명해도 괜찮다고 답변이 왔는데 왠지 항상 예의바르고 자상한 그답지 않게 어투가 퉁명스럽게 느껴졌다. 답 메일을 보냈다. '대충 그렇게 생각은 했지만 알 수 없어서 여쭤봤습니다. 제가 어른이 되고 나서 배운 게 있다면 아무데나 서명하지 말라는 거예요.' 그날 새벽에 (정말 새벽에) '네 말이 맞아.'로 시작해 자신이 서명을 잘못해서 후회했던 일들을 회상하는 장문의 메일이 왔다. 내 느낌이 맞았나 보다. 미안해서 이렇게 길게 편지를 쓰시는구나 싶어 미소지었다. 토마스는 편지를 이렇게 마무리지었다. '이런, 계속 투덜거렸네, 그게 폴란드인들이 관계를 구축하는 방식이란다(This is a Polish way of constructing togetherness.). 이해해주렴.' 그럼요, 투덜거리는 거라면 저도 잘할 수 있습니다!

언젠가 헨릭에게 러시아의 관계 구축 방식은 뭐냐고 물으니, '함께 고통 받는 것(suffer together)'이라고 했다. 헨릭은 한국 방식은 무엇이냐고 물었다.

내 생각에는 같이 음식을 나누는 게 아닐까 싶다.

아빠가 편찮으셨을 때, 아빠 엄마 친구분들은 돌아가며

찾아와 우리 집 냉장고를 채웠다. 덕분에 고기가 끊이지 않았고, 생선이며 과일 등 먹는 건 부족함을 몰랐다. 어쩌면 어렸을 때 전혀 경제 상황에 대해 모르고 그냥 지나갈 수 있었던 건, 이렇게 잘 먹었기 때문 아니었을까? 엄마도 우리끼리만 먹게 요리를 하신 적은 없는 듯하다. 어렸을 때는 떡을 하면, 아니면 잡채나 엄마의 특기였던 약식을 해도 꼭 내가 그걸 가지고 이 집 저 집 엄마가 맛 좀 보시래요 하면서 다녀야 했다. 얼마나 싫었던지 크면 나는 그러지 말아야지 다짐할 정도였다.

엄마의 친구들은 여전히 어디서 비싼 생선을 싸게 샀다며 엄마를 찾아온다. 지난번 한국에 갔을 때 우리 집 김치냉장고에는 엄마가 한 김치뿐 아니라, 엄마 친구들이 보낸 김치며 반찬으로 꽉 채워져 있었다. 그분들 냉장고에도 우리 엄마가 한 무엇이 있겠지.

엄마같이 안 되겠다더니 꼭 엄마같이 되었다. 케이크를 구워가거나 초콜릿을 사가는 건 스웨덴에서도 이상하지 않지만, 불고기를 재워가거나 전을 부쳐가는 건 확실히 스웨덴 방식은 아니다. 소피아 신랑이 우울해한다는 소식에 스시보다 김밥이 맛있다고 한 그의 말이 생각나 소피아는 다이어트 중이라 먹지도 못하는 김밥을 싸며 스스로의 오지랖에 웃었다. ('무슨 성만찬 먹듯이 먹더군.' 소피아가 말해주었다.) 내 스웨덴 친구들은 이제 이런 나의 행동을 부담스러워하지 않는다. 이것이 그들이 꿔달라고 하지도 않은 빚이 아니라, 우리 관계의 일부분이란 걸 알고 받아들이기에.

지난 주말을 올가네에서 지내고 돌아오면서 그동안 그 집에 내가 음식을 담아 보냈던 통 여러 개를 챙겨왔다. 헨릭의 엄마 올가가 심하게 앓았을 때 보냈던 생선 수프를 담았던 통은 안 보였다. 그때 헨릭은 무언가 때문에 심통이 나 있었는데, '너희 주려고 샤프란 넣은 생선 수프 가져왔는데 가져갈 거야, 말 거야?' 하자 2초 뜸을 들이고는 넙죽 챙겨갔다. 아직 한참 더 뒤져볼 기세인 헨릭에게 말했다. '놔둬, 언젠가 나오겠지, 뭐 맛있는 거 담아서 돌려줘.' 그가 끄덕거렸다.

언젠가 그는 우리 엄마는 많은 사람들에게 너무하게 자신을 주는데 그만큼 돌려받지 못한다고, 그래서 아들로서 속상하다고 말했었다. 하지만 나는 선물이를 데리고 동물 농장 놀이를 하는 올가를 보며 생각했다. 호의를 재어보지 않아도 될 만큼 넉넉한 마음들이 있다. 주는 것이 잃는 것이 아님을 아는 그런 마음들이 있다.

엄마를 닮지 않겠다던 어린 마음이 어른 마음으로 자라 다행이다.

엄마 닮아서 다행이다.

○　　마음대로 하세요

'마음대로 하세요.'

내가 카롤리나를 처음 만났을 때 했던 말이다.

미용사 카롤리나는 '어떻게 자를까요?'라는 일상적인 질문에 전혀 예상 밖의 답을 듣자 놀라 두 눈을 동그랗게 떴다. 그녀에게 다시 말해주었다. '내 머리카락에 대해서도, 내 얼굴형에 어떤 스타일이 어울리는지도 전문가인 당신이 더 잘 알 테니까 당신 마음대로 자르세요.' 카롤리나는 믿을 수 없다는 듯 '정말로? 정말 괜찮아요?' 거듭 물으면서도 자르기 시작했다. 한참 가위질을 하던 카롤리나는 약간의 푸념을 했다. 먼저 왔던 손님이 카로의 조언에 반대해서 고집대로 잘라주었더니 결국 마음에 안 들어했단다. 다시하느라 내 예약이 늦어 졌다며 미안해했다. '그런데 당신은 나에게 완전히 맡겨주는데다가, 동양인의 완전한 직모잖아요! 그래서 오늘이 더 멋진 날이 됐어요!'

그때 카롤리나는 내 머리를 약간 언발란스로 잘랐다. 굉장히 맘에 들어 나는 그 뒤로 계속 그녀에게 내 머리를 맡겼다.

시간이 지나며 그녀는 내 머리를 만나면 비달사순의 추종자다운 도전정신을 발휘하기 시작했다. 네 칸짜리 계단처럼 자른 적도 있고, 어느 날은 시간이 남는다며 머리카락의 일부만을 붉은 색으로 염색하기도 했다. 모든 동료가 일제히 감탄해서 나는 그다음 주에 카롤리나에게 그녀가 좋아하는 초콜릿을 선물했다. '나를 내가 상상한 것 이상으로 멋있고 용감한 모습으로 만들어줘서 고마워.'

친구들과 동료들은 맡기는 너나 대담하게 자르는 카롤리나나 보통은 아닌 사람이라지만 그때마다 나는 같은 말을

한다. '머리카락이야말로 해도 괜찮은 실수지. 금방 자라나
잖아. 실수한 거 한 달이면 다 잊혀져. 다른 실수들과는 달
리.'

카롤리나네 미용실은 가족사업이다. 아빠와 딸 둘이 함
께 헤어숍을 운영하고 있다. 일 년 반 전 카롤리나는 경영에
대해 배워야겠다고 스톡홀름에 갔다. 육 개월만 공부하러
간다는 말에도 서운해서 '거짓말!' 하고 외쳤었다. 어느새 반
년이 지나 내 머리를 자르고 있던 카롤리나의 아빠에게 카
롤리나는 언제 오냐고 물었더니 그는 더 물어봤자 소용없
을 것 같은 단답형으로 대답했다. '몰라.' 나는 아직도 카롤
리나가 언제 돌아올지 모른다.

어제 중요한 일도 끝났고, 주말에 스톡홀름도 올라가고,
왠지 변화를 주고 싶어서 미용실로 향했다. 카롤리나의 여
동생 제니가 머리를 자르면서 지난주에 카롤리나가 들렀다
는 걸 알려주었다. '네가 카롤리나를 찾으니까 전화하려고

했거든. 그런데 다음 예약이 삼 주나 남았더라고. 다음에는 꼭 전화할게. 카롤리나도 네 머리카락을 그리워하고 있을 걸.'

카롤리나가 없어도 나는 충성스럽게 이곳을 찾아 제니와 카롤리나 아버지가 돌아가며 내 머리를 잘라주고 있다. '내 머리카락은 완전 너희 가족 소유라니까.' 제니는 까르르 웃으며 말버릇대로 '그렇지? 그렇지?' 반복해 외쳤다. 제니와 카롤리나는 웃는 입매가 똑같다. 이 집 식구들은 가늘고 힘없는 스웨덴 머리로는 절대 할 수 없는 스타일이라며, 다들 내 머리를 일본 인형처럼 잘라놓는다. 오늘 제니는 카롤리나가 수첩에 적어놓은 그대로 머리에 빨간 물도 입히더니 결과물을 보고 즐거워했다. '아까는 한 손님이 80년대 스타일로 머리를 잘라달라고 하잖아, 내가 아무리 그렇게 자르면 안 예쁘다고 해도 그렇게 잘라달라고. 나 정말 울 뻔했다니까.' 이제 제니도 내 머리카락에 정이 들었나 보다. 카롤리나가 돌아오면 번갈아가면서 나를 맡겠단다.

진짜 내 머리카락이 이제 내 것만은 아닌가 보다.

선물이가 날 보더니, '엄마 빨간색!'이라고 말했다.

'응, 엄마 예뻐?'

'엄마 빨간색…'

유심히 보더니 갑자기 씩 웃었다. '엄마, 자르자!'

'이거 자른 머리야!'

아들이 까르르까르르 웃었다.

○　　　**아픔은 연습할 수 없지만**

　　　아직도 떠올리는 것만으로 아릿함을 안겨주는 영
화 〈화양연화〉에는 초 씨가 챈부인 남편 역할을 하면서, 챈
부인이 어떻게 남편한테 불륜 사실을 물을지 연습하는 장
면이 있다. 연습일 뿐인데도, 남편 역을 하는 초 씨가 인정
하자 너무 아프다고 하는 챈부인. 그 장면을 보면서 내가 두
사람이 모르는 걸 하나 알고 있다고 생각했다. 감정은 예상
하고, 연습하고, 준비한다 해도 덜 느껴지지 않는다.

　한 달이나 길게 헤어짐을 준비했음에도, 헤어지면 아프

겠지 했지만, 이렇게 아프다니. 이렇게 그립다니. 일 년이란 기간은 생활의 소소함과 연중의 큰 행사를 다 담는 기간이다. '너는 이럴 때 이렇게 하는구나'에서 '나는 네가 이럴때 이렇게 하는 걸 알아'로 바뀔 수 있는 시간이다. 남들은 못보고 지나가는 일들이겠지만, 내가 그를 알기에 큰 의미를 가지는 그의 생활 속 습관들이, 우리 둘이 함께하던 평범한 일상생활의 단편들이 문득 문득 떠오른다. 무언가 일을 미루는 걸 못 참는 그가 식사가 끝나고 내가 차를 준비하는 동안 설거지를 하던 모습이 그립다. '이건 내가 쓰려고 가져온 거예요.'라며 설거지 수세미를 가져왔던 그. 하루를 먼저 시작하는 내가 아침마다 그에게 보내던 날씨를 담은 메시지도 그립다. 매번 '간단한 걸로 해요.'란 답을 받으면서도 이번 주말에는 뭘 해 먹으면 좋을까 함께 고민하며 주고받던 메시지들도, 말하지 않아도 늘 탄산수를 사오던 그의 세심한 친절도, 저녁 먹고 나서 선물이랑 셋이서 보드게임하던 순간도, 모두 그립다. 내가 요리할 때면 조용히 다가와 내 등에 잠시 머물던 그의 손, 그가 설거지할 때 그의 등에 머물던 나의 손. 생각은 많은데 입 밖으로 나오지는 않을 때 그에게 이마를 기대고 앉아 있으면 느낄 수 있던 날숨, 들숨의 리듬마저 이렇게 그립구나. 이제 강림절이나 크리스마스, 생일 같은 큰 연중행사가 다가오면 지난날과 그때 우리가 했던 미래의 계획이 얼마나 서글프게 느껴질까?

이렇게 아프다니. 이렇게 나이가 들어도 감정은 늘 파도처럼 새롭구나. 왜 무뎌지지 않는 건지. 왜 담담하지 않은 건지. 담담함이란 나이를 먹어도 얻지 못하는 지혜처럼 멀리 떨어져 있기만 하다.

이 그리움을 그럼에도 불구하고 간직하고 싶다. 지우고 싶지 않다. 나에게 물어본다. 누군가를 이렇게 그리워한 적이 있었던가. 누군가의 허상이 아니라 그 모습을 그대로, 그 기쁨을 그리워한 적이 있던가? 그만큼 행복해서 그만큼 그립다. 누군가를 이토록 온전히 그리워할 수 있다는 걸 나는 이제야 안다.

이 그리움도 언젠가는 색이 바랠 것이다. 지금은 매일매일 생각하지만 한 번도 떠올리지 않고 몇 주씩 보낼 날들이 온다. 그날들이 빨리 올 필요는 없다.

○　　　수저 하나만
　　　더 올려놓으면 된다

　　오븐 안의 파이가 다 구워져갔다. 빨간 파란 파프
리카 한 개씩, 양파, 송이버섯, 살라미, 할루미 치즈, 절인 토
마토와 검은 올리브를 넣어 만든 파이가 다 익어가니 색깔
도 참 예쁘다. 파이를 꺼내놓고 다들 어디 있나 찾으러 정원
에 나갔지만 선물이도 카로도 헬레나도 보이지 않았다. 들
어와 샐러드를 만들고 상을 차린 후 다시 나가니 여전히 보
이지는 않았지만 어디선가 시끌시끌한 소리가 들렸다. 선
물이가 자전거 연습하는 소리다.

　스물두 살 때 처음으로 스웨덴에 왔을 때 자전거를 탈 줄

모른다고 했더니 다들 그게 가능한 일이냐는 듯 의아한 시선을 보냈다. 그만큼 스웨덴에서는 자전거를 타는 건 걸음마를 배우는 것만큼 당연한 일이다. 선물이 친구 중 아직도 자전거를 탈 줄 모르는 아이는 없다. 이번 여름에 가르치겠다던 거북이는 귀찮다고 안하겠단다. 그 이야기를 꺼내다 나는 결국 울고 말았고 카로는 기가 막힌다는 얼굴로 쳐다보더니 말했다. '선물이는 내가 가르칠 거야.' 카로는 집에 와서 선물이에게 차근차근 기초를 가르쳤다. 어떻게 올라타는지, 핸들은 어떻게 잡아야 할지, 멈추는 건 또 어떻게 하는지. 또 무엇보다 나에게도 어떻게 가르쳐야 하는지 알려주었다. 그 뒤로 카로는 시간이 허락할 때면 우리 집에 와서 선물이 자전거 연습을 시키고, 간단히 저녁을 한다. 이번 주에는 지난여름 우리를 스톡홀름 집에 초대해준 헬레나도 함께 했다.

다 같이 앉아서 식사를 시작하려는 데 웃음이 나왔다. 정말 집에서나 입는 옷을 입고, 눈에 보이는 곳만 간신히 청소기를 돌리고 손님을 맞고 있었다. 이런 이야기를 하자 헬레나도 카로도 함께 웃는다. 카로가 말했다. '그래도 네가 집에서 입는 옷은 내가 집에서 입는 옷보다 더 남 앞에 있을 만하네.'

S가 가고 난 어느 날 그런 생각을 했다. 이제 누구랑 어른 식사를 하지? 선물이는 자기가 먹는 것만 먹는다. 사람들은 아이들도 배고프면 뭐든 먹게 되어있다고 말하지만 선물이는 아니다. 의사들과도 상담해보았지만 지금은 먹는 걸 먹이는 게 방법이라고 결론을 내렸다. 그러다 보니, 저녁은 늘 선물이 밥을 해주고 난 대충 먹게 되었다. 혼자 먹자고 요리하는 건 별로 재미가 없다. S를 만나고 나서 우리는 늘 주중 한 번 혹은 두 번, 그리고 주말에 한 번 함께 식사를 했다. 원래 요리를 재미있게, 쉽게 여기는 나한테 이 식사들은 내가 늘 아쉬워하던 일상의 기쁨이 되었다. 그가 떠나고 난 어느 날, 그때 좀 힘든 일이 있던 헬레나를 불러 함께 저녁을 먹고 나서 생각했다. 앞으로 가까운 친구들을 불러 저녁을

먹어야겠다고. 진짜 가까워서, 나를 잘 알고 이해하는 친구들이어서, 집안을 구석구석 청소하지 않아도, 선물이가 중간에 울고 떼를 써도, 디저트로는 아이스크림만 준비해도 되는 그런 친구들이랑 가볍게 저녁을 먹어야겠다고.

재빨리 제몫을 먹은 선물이는 어린이 프로그램을 보러 거실로 가고, 남은 우리는 다음 주에 있을 학회에서 시작해 카로 아이들 이야기, 요즘 본 영화 이야기까지, 쉬지 않고 수다를 떨었다. 우리는 선물이 방을 어떻게 꾸며야 할지도 의논했다. 카로는 이케아에 가서 어떤 물건을 사서 어떻게 배치하면 예쁠지 죽 풀어놓는다. 하지만 듣고 따라하라는 말도 아니고 그냥 이야기를 늘어놓고 싶은 것도 아니다. 우리가 같이 하자는 거다.

수저만 더 놓으면 된다는 말이 있다. 그런데 사실 수저만 더 놓으면 되는 사람들은 별로 없다. 손님은 수저만 더 올려놓으면 되는 사람들이 아니다. 손님이 아닌 사람들과의 사이에서만 가능한 일이다. 이혼하는 과정에서 처음으로 내 사람들, 내 가족들이 여기 있으면 좋겠다고 생각했다. 나대신 싸워주는 사람들. 무엇보다 내가 얼마나 힘들게 하더라도, 오랫동안 나를 도와야 해도 나를 버리지 않을 거라고 내가 장담할 수 있는 편한 사람들, 그 사람들이 내 곁에 있지 않음에 서글펐다. 내 친구들이 내가 죽을 때까지, 아니 이십 년 뒤, 십 년 뒤까지 내 곁에 있을 거라는 보증은 없다. 하지만 이들은 내가 상 위에 수저만 한 벌 올리면 함께 저녁을 먹을 수 있는 사람들이다. 내게 지금 허락된 이토록 좋은 사람들과 함께 할 수 있음에 감사한다. 다음 주에는 허브 버터를 넣어 닭 한 마리를 오븐에 구워야겠다.